Carmen Rico-Godoy
Frauen mit und ohne Schuß

Carmen Rico-Godoy

# Frauen mit und ohne Schuß

Roman

Aus dem Spanischen
von Volker Glab

Kabel

Die spanische Originalausgabe
erschien 1999 unter dem Titel
»Cortados, solos y con (mala) leche«
bei temas 'de hoy in Madrid.

Von Carmen Rico-Godoy liegen auf deutsch außerdem vor:
Perfekte Frauen haben's schwer
Unglückfrauen leben besser
So nicht, mein Lieber

ISBN 3-8225-0373-8

Gesetzt aus der Garamond
Satz: Satz für Satz. Barbara Reischmann, Leutkirch
Druck und Bindung: GGP Media, Pößneck
Printed in Germany

Für Adriana, *in memoriam.*

Und – dafür, daß sie so lebendig sind – für Rosa, Elena, Cristina, Maricarmen, Montse, Merche, Eva, Alicia, Luisa, Susana, Asunción, Ascensión, Visitación, Anunciación, Concepción, Natividad, Purificación, Gemma, Emma, Amaya, Nora, Dora, Laura, Pilar, Marisa, Susana, Maruja, Catalina, Isabel, Margarita, Violeta, Azucena, Filomena, Ana, Rosario, Sagrario, Lucía, Cecilia, Epifanía, Estefanía, Graciela, Gabriela, Antonia, Patricia, Julia, Macarena, Iciar, Dolores, Angustias, Piedad, Consuelo, Amparo, Sofía, Teresa, Sarah, Esther, Judith, Naomí, Yaël, Silvia, Paloma, Lola, Pepa, Paca, Petra, Pía, Lía, Bea, Aurora, Mar, Flor, Sol, Luz, Fe, Paz, Libertad, Esperanza und Caridad.

*Jeder ledige oder verheiratete Mensch*
*ist potentiell einer, der getrennt ist.*
Mongolisches Sprichwort

# Gelu, die saure bessere Hälfte

Der gnädige Herr sollte seinen Apfelkuchen haben. Natürlich nach dem Rezept, das mir seine Mutter gegeben hatte. Das war viel umständlicher als mein normales Apfelkuchenrezept, das ich aus einer Modezeitschrift beim Friseur ausgeschnitten habe. Und ich hatte kein Arsen hineingetan, weil ich keines hatte und ein bißchen zu faul dazu war, bei der Nachbarin an der Tür zu klingeln und sie zu fragen: »Sie hätten nicht zufällig ein bißchen Arsen da? Ich hab nämlich vergessen, welches vom Einkaufen mitzubringen.« Unter anderem auch noch, weil ich keine Nachbarinnen habe. In der Wohnung nebenan wohnt ein sehr älterer Herr, ein griesgrämiger Fiesling, über uns drei junge Typen – angeblich Studenten –, die ständig Platten von Eros Ramazzotti auflegen, sehr merkwürdig, und unter uns ein Transvestit: Morgens begegnet er einem und ist ein Typ im Jogginganzug, so ordinär wie alle Prolls hier im Viertel, und spät abends ist er ein Weib mit Riesenstöckeln und rötlicher Mähne, in voller Kriegsbemalung. Der muß wahnsinnig gut verdienen, weil er im Supermarkt nur Lendchen und iberischen Rinderschinken kauft, zu achttausend Peseten das Kilo.

In den Nachrichten ist immer die Rede von Frauen, die Gift ins Essen tun, das sie ihren Männern vorsetzen, jedesmal ein bißchen, bis die abkratzen. Ich habe mich diesem System nicht verschrieben. Ich will das lieber auf einmal erledigen. Ein Stückchen Torte, gefüllt mit Schierling, und ab geht's, direkt in die Leichenhalle. Dann denke ich wieder, daß Ersticken noch besser ist. Wenn ich Eusebio da so schlafen sehe, im Sessel vor dem Fernseher, in dem gerade eines der achthunderttausendfünfhundert Fußballspiele übertragen wird, dann denke ich nicht »Ach, wie süß und friedlich er da schläft«. Nein. Ich denke: »Wie leicht könnte ich ihm jetzt einen Müllbeutel über den Kopf ziehen und mit acht Lagen Isolierband um den Hals verkleben. Dann wäre sein Kopf da, wo er hingehört: im Müllbeutel.« Das Dumme ist – und deswegen, nur deswegen traue ich mich nicht, es zu tun –, daß ich nicht weiß, wie ich ihm seine Hände festhalten soll, damit er mich nicht erwürgt oder sich – noch schlimmer – den Müllbeutel selbst vom Kopf reißt.

Morgens höre ich ihn im Bad pfeifen, während er sich rasiert. Ich schneide gerade das Brot zum Toasten und habe ein langes Sägemesser in der Hand. Er pfeift immer *»Bésame mucho«*, und dabei tiriliert er und schwingt sich zu Koloraturen auf, und das macht mich echt krank. Ich muß dann mit dem Messer kämpfen, das ganz von alleine losziehen und ihm mit ein, zwei Schnitten die Gurgel durchtrennen will. Ja, so ein Sägemesser hat's in sich.

Ich denke ständig an tausenderlei Arten, wie ich Eusebio umbringen könnte. Anfangs schimpfte ich mich dann selber aus und sagte mir: »Um Gottes willen, bin ich blöd, bin ich ein schlechter Mensch, und außerdem: Wenn das Eusebio wüßte, daß du vorhast, ihn umzubringen!« Und dann gelang es mir, an etwas anderes zu denken, und ich kam auf andere Gedanken, indem ich mir bei Simago drei Paar Strümpfe zum Preis von einem und Lippenstifte mit abgelaufenem Verfallsdatum kaufte.

Sonntags nimmt Eusebio gerne ein Vollbad. Er läßt die Badewanne vollaufen und tut Badeschaum hinein, und dann versenkt er seinen dicken, über und über schwarz behaarten Körper darin. Um in die Wanne zu steigen, muß er eines seiner kurzen, wabbeligen Beine anheben, und dann sieht man sein schlaffes Gehänge baumeln. Wenn er dann drin liegt, hält er sich die Nase zu und taucht unter, und dabei schwappt das halbe Wasser über den Rand. Er hat es gern, wenn ich ihm beim

Baden zusehe: Warum läßt er denn sonst immer die Badezimmertür offen? Anfangs machte es mich krank, daß er das ganze Bad überschwemmte, aber eines Tages kam mir der Gedanke, daß dadurch die Chance, er könnte sich das Genick brechen, wenn er aus der Wanne stieg, millionenfach stieg.

Aber der liebe Kerl rutscht nicht aus. Er ist ein Exhibitionist, wie er im Buch steht. Einmal schrie er laut nach mir, als er im Bad war. Ich stand gerade in der Küche und zog grüne Bohnen ab, einen Faden nach dem anderen, denn der Herr ist zwar Taxifahrer, geboren und aufgewachsen im Stadtrandviertel Leganés, wo wir immer noch leben, aber die Kinderstube dieses Scheißkerls scheint in einem Palast gewesen zu sein: etepetete bis dorthinaus. Ich rannte also schnell hin, weil ich dachte, er wäre gerade am Absaufen oder hätte einen Herzanfall. Wer ausrutschte, war ich, als ich volle Pulle ins Bad stürzte, das wieder mal total überschwemmt war. Zum Glück konnte ich mich am Handtuchhalter festhalten. Auch kurz nach meinem zweiunddreißigsten Geburtstag bin ich noch ziemlich reaktionsschnell.

»Was willst du, Eusebio? Du hättest mich umbringen können!«

»Schrubb mir den Rücken.«

»Du bist doch kein kleines Kind, verdammt noch mal. Wo ich doch haufenweise zu tun habe.«

»Und dazu gehört, daß du dich um deinen Mann kümmerst, also um mich. Los, komm schon, steig zu mir in die Wanne.«

Er streckte einen Arm aus und legte seine Hand auf meine Hüfte. Ich rieb mir den Ellenbogen, weil er mir ein bißchen weh tat nach der Vollbremsung am Handtuchhalter.

»Laß den Scheiß, ich bin gerade beim Kochen.«

»Das hab ich im Kino gesehen, wie Mann und Frau ins Schaumbad steigen und Schweinereien machen.«

»Ich habe heute morgen geduscht. Und jetzt habe ich keine Lust auf Schweinkram.«

»Komm schon, steig rein. Früher hast du das doch gern gehabt.«

Seine haarige Hand fuhr plötzlich von meiner Hüfte an meine Titte. Sie war naß und drückte fest zu.

»Es reicht, Eusebio. Laß mich in Ruhe. Du machst mich ganz naß ...«

Da streckte er die andere Hand aus und legte sie mir auf die andere Titte.

»Und ob du das früher gern hattest, wenn ich dir an deine tollen Titten faßte, mein Gooott ...«

In dem Augenblick dachte ich wirklich sofort daran, daß ich das alte Bügeleisen nehmen könnte, das so schwer ist wie ein Stein, und damit seinen Kopf unter Wasser drücken könnte, bis er nicht mehr atmet.

»Jetzt will ich's aber nicht machen. Geh doch zum Teufel, du altes Schwein.«

Ich riß mich, so gut ich konnte, los und verließ das Bad, wobei ich darauf achtete, daß ich nicht hinfiel. Dann machte ich die Tür mit einem Knall zu.

Eusebio hörte ich im Wasser planschen und schreien: »Wenn du nicht bumsen willst, gehe ich eben woanders hin bumsen!«

»Geh ruhig, und laß ihn dir fusselig vögeln«, sagte ich laut. Das Türknallen hatte mir Mut gemacht, und außerdem konnte er mich nicht hören.

Es stimmt schon, daß ich mich früher gerne von Eusebio, egal wo und wann, packen ließ, um »es« zu tun. Aber all das, was mir anfangs an Eusebio gefallen hatte, brachte mich nach einigen Jahren, genau gesagt, nach vier Jahren, zur Weißglut und war mir unerträglich. Wie tierisch er sich bei manchen Dingen anstellte, wie ordinär und hemmungslos, ja unverschämt er oft war. Das fand ich unheimlich männlich. Mit Begeisterung machte ich ihn scharf – nichts leichter als das – und freute mich daran, wie er, aufgelöst in Wohlgefallen, egal wo und egal wie mit mir schlafen wollte. Jetzt kann ich seinen Satyrblick nicht mehr ertragen, mit dem er mir auf die Beine, auf den Hintern oder auf die Titten schaut, oder wenn er mich einfach anfaßt mit diesen breiten Händen mit den kurzen, eckigen Fingern. Mir gefiel sein behaarter Körper, Haare, wo immer du hinfaßt. Jetzt kommt er mir vor wie ein widerlicher Affe. Ein Scheuerschwamm fühlt sich angenehmer und weicher an als Eusebio.

Wie es zu dieser Veränderung gekommen ist, weiß ich nicht. Ich kann nicht behaupten, daß es langsam, nach und nach, gewissermaßen schleichend dazu gekommen wäre. Ich erinnere mich, daß ich vor Jahren eines Morgens aufwachte und Eusebio schon aufgestanden war. Ohne die Augen zu öffnen, hörte ich ihn im Zimmer herumstöbern, Schubladen öffnen und zuschieben. Und ich dachte: »Ich kann ihn nicht ausstehen, ich will, daß er verschwindet wie ein böser Traum. Ich will, daß es ihn, wenn ich die Augen aufmache, nicht mehr gibt.«

Aber nein. Seine Geräusche hörten auf, und ich armes Ding glaubte, daß er sich tatsächlich in Luft aufgelöst hätte. Ich öffnete die Augen, und da war er: in Unterhose, die Socken an, stand er vor meinem Frisiertisch und schaute sich im Spiegel an. Dabei drückte er sich einen Mitesser aus. Ich machte die Augen wieder zu. »Das gibt's doch nicht, daß soviel Häßlichkeit, soviel fettes, schwärzliches Fleisch mich berührt haben. Nicht auszuhalten.« Ich drehte mich um und krallte mich in das Kissen. Und ich erinnere mich ganz genau, daß ich dachte: »Wie konnte das nur passieren, daß dieser Putzwollknäuel mir einmal gefallen hat, daß ich ihn mal so geliebt habe, wie ich ihn geliebt habe?«

»Das liegt an der Schwangerschaft«, sagte mir meine Freundin Penélope, die wie ich bei Sederías Reunidas arbeitet, einem Laden für Haushaltswäsche im Viertel Argüelles. »Das weiß doch wirklich jedes Kind, daß die Frauen, wenn sie schwanger sind, eine Wahnsinnsabneigung gegen die Typen entwickeln, die sie neben sich haben. Das ist was mit den Hormonen.«

»Du redest, als ob du wüßtest, worum es geht, aber du hast keine Ahnung.«

»Von wegen. Das hab ich andauernd im Fernsehen gehört: Grad gestern hat's wieder so eine Sexologin gesagt. Das war in so 'ner Nachmittagssendung, wo die Frauen hingehen und ihre Lebensgeschichte erzählen.«

»Also, paß mal auf: Daß ich schwanger bin, hat noch lange nicht zu bedeuten, daß mir Jeremy Irons nicht mehr gefällt oder Brad Pitt, um nur mal ein Beispiel zu nennen.«

»Schon, aber Schauspieler und Sänger, die du noch nie persönlich gesehen hast, die zählen nicht.«

»Warum sollen die nicht zählen?«

»Na, weil das Wunschtypen sind, mein Kind. Neulich abends habe ich ein Stück von einem Film mit Gary Cooper gesehen, der im Fernsehen lief, und der kam mir furchtbar toll vor, ich habe mich gleich in ihn verliebt. Und dabei ist der Kerl schon was weiß ich wie lange tot. Ich mein, zählen tut nur, was du um dich herum hast, aus Fleisch und Blut, in deinem Fall also Eusebio.«

»Und du meinst, wenn ich das Kind gekriegt habe, dann wird er mir wieder gefallen? Ich mein physisch.«

»Vielleicht. Vielleicht auch nicht.«

»Na wunderbar. Jedenfalls, das sag ich dir, habe ich so überhaupt keine Lust, jetzt ein Kind zu kriegen.«

»Sag das nicht, Gelu. Ein Kind ist immer eine Freude.«

»Also, so ein Quatsch, wirklich. Hast du das auch aus dem Fernsehen? Was siehst du denn für einen Sender? Vatikan-TV?«

»Du regst mich aber auch auf, Gelu. Wenn Eusebio dir nicht mehr gefällt, dann trenn dich von ihm und mach dir keinen Kopf mehr draus.«

»Ach, wie einfach! Trenn dich und fertig. Und wie macht man das?«

»Weiß ich auch nicht. Aber ich weiß schon, daß die Leute, wenn sie nicht mehr zusammen leben können, auseinandergehen und sich dann scheiden lassen. Mein Bruder läßt sich gerade scheiden, da siehst du's. Und meine Tante Amalia hat sich letztes Jahr scheiden lassen. Hut ab vor der: nach dreißig Jahren Ehe. Wenn du willst, laß ich mir von ihr die Adresse von dem Anwalt geben, der ihr die Scheidung gemanagt hat. Weil, einen Anwalt brauchst du dabei schon, das ist klar.«

»Eusebio sagt, daß alle Anwälte Gauner sind und dir nur das

Geld aus der Tasche ziehen, und daß sie alles nur verbocken, weil die sowieso alle miteinander unter einer Decke stecken.«

»Eusebio sagt, Eusebio sagt... Vergiß doch, was Eusebio sagt oder nicht sagt. Wenn du den nicht mehr sehen willst, dann mußt du zuallererst eins machen: ihn vergessen. Obwohl dein dicker Bauch alles noch viel komplizierter macht, das ist klar.«

»Wer von euch beiden hat zuletzt was verkauft?« Die Frage kam aus dem Hinterzimmer des Ladens. Joaquín, der Besitzer des Geschäfts. Joaquín ist ein Vetter zweiten Grades von Penélope und ist immer ganz ernst und besorgt, weil er seit ein paar Jahren in zweiter Ehe verheiratet ist, mit einer dicken Frau, die sich immer fingerdick schminkt und das ganze Geld beim Bingo ausgibt. Seine erste Frau, die sehr hübsch war, hat ihn vor langer Zeit verlassen und ist mit Joaquíns Bruder abgehauen, der eine Fliesenfabrik in Castellón de la Plana hat. »Egal wer: Auf der Rechnung muß das, was verkauft wurde, voll ausgeschrieben stehen.«

»Das war ich, und es waren zwei Küchenlappen. Was kann denn sonst dreihundert Peseten kosten?«

Ich konzentrierte mich darauf, eine fürchterliche Tischdecke mit zwölf Servietten, Stickerei aus Taiwan, zusammenzulegen und in ein Regal zu legen. Penélope sah mich an und wartete darauf, daß ich was sagte, aber ich wußte nicht genau, was ich sagen sollte.

Gelu hat große Augen, mandelförmig und sehr dunkel. Und wenn sie dich ansehen, dann bist du sehr beeindruckt.

»Ich denke nur noch daran, wie ich ihn umbringe. Ständig und zu jeder Stunde.«

»Du, hör mal, Abtreiben ist doch heutzutage ganz einfach. Das mußt du doch nicht so tragisch sehen.«

»Ich mein doch nicht das Baby umbringen, sondern Eusebio.«

»Und?«

»Kommt dir das nicht furchtbar vor?«

»Ich habe den Eindruck, daß du dich noch ganz verrückt machst, falls du nicht schon verrückt bist. Du mußt dich nämlich schleunigst von Eusebio trennen. Ich weiß auch nicht, was du an dem gefunden hast, daß du ihn geheiratet hast.«

»Dasselbe wie du. Dir hat er doch auch ganz gut gefallen, als wir ihn kennengelernt haben.«

»Eins muß man zugeben, Gelu: Das war schon lustig, wie er uns fast überfahren hat mit seinem Taxi, als wir aus der Disco kamen. Und dann ist er mit uns was trinken gegangen und hat uns alle möglichen Lepe-Witze erzählt.«

»Die erzählt er immer noch, nach vier Jahren, immer dieselben. Unerträglich.«

Wir hörten auf zu reden, weil eine Frau mit einem etwa achtjährigen Mädchen in den Laden gekommen war und ein Einkaufswägelchen hinter sich herzog. Penélope griff nach den Baumwollküchenlappen und sagte, während sie sie an ihren Platz räumte, zu mir:

»Ja dann. Ich glaube, da bleibt dir nichts anderes übrig, als ihn umzubringen. Das ist vollkommen berechtigt.«

# Eusebio. Wildes Lenkradkurbeln

Es müßte ein Gesetz geben, das es Kindern zwischen fünf und elf Jahren verbietet, in ein Taxi einzusteigen. Es ist immer dasselbe. Entweder sie lassen einen Kaugummi an der Scheibe kleben, oder sie sauen mir den Rücksitz mit lauter Bonbongeschmiere ein, oder sie wollen unbedingt stehen und fallen um, und dann fangen sie an zu plärren, oder sie wischen ihre schokoladeverschmierten Pfoten an meiner Kopfstütze ab.

Obwohl, ich weiß ja nicht, was mir verhaßter ist: die Scheißkinder oder diese Weiber mit Stöckelschuhen, im Kostüm mit einem Rock, der die halben Oberschenkel freilegt, die auch noch nach Eau de Toilette mit Bidetduft stinken, und die dir dann, kaum sind sie eingestiegen, nicht nur sagen, wo sie hinwollen, was ja normal ist, sondern auch noch, wo du langfahren sollst, durch welche Straßen und den ganzen Kram. Jedesmal, wenn ich so eine am Straßenrand stehen sehe, mit einer Aktentasche in der einen Hand, das ist immer so – alle haben eine braune oder bordeauxfarbene Aktentasche dabei –, und die andere Hand so ausgestreckt halten, als würden sie den Faschistengruß machen, dann kriege ich echt Lust, mir einen anderen Beruf zu suchen, Zuhälter mit ein paar Nutten zum Beispiel. Meistens sind sie blond gefärbt und tragen ein buntes Tuch unverknotet am Hals. Wenn die ins Taxi einsteigen, hängen sie sich, kaum haben sie mir die entsprechenden Befehle gegeben und ihr Scheißhalstuch zurechtgerückt, an ihr Handy und tun so, als ob sie mit jemandem reden, dem sie Befehle erteilen:

»Miguel trinkt nur entrahmte Milch. Und vergiß nicht, daß Alberto um halb sieben Teakwondostunde hat.« Oder aber: »Ruf Señor Losada an und sag ihm, daß ich fünf Minuten später da bin, weil hier so ein Verkehr ist. (Das ist gelogen, es ist kaum Verkehr, gib gefälligst nicht mir die Schuld, wenn du deine Termine nicht einhältst.) Und vergiß die Preisliste nicht, um die ich dich gebeten habe, sieh zu, daß du sie vor zwei hast ... los, mein hübsches Kind, streng dich an ... Hat jemand für mich angerufen? (Das bedeutet, daß sie ständig wie wild darauf warten, daß ein Kerl sie anruft, der sie nie anruft.)«

Und weil der Kerl nicht angerufen hat, kriegt meine Wenigkeit es zu spüren:

»Wären Sie bitte so nett, das Radio ein bißchen leiser zu drehen?« sagt sie zu mir, als ob ich ein Untergebener wäre, eine Sekretärin, ein Dienstmädchen, ein Kellner oder gar ein Ehemann.

Ich stelle das Radio einen Tick leiser. Ich höre mir gerade so eine Diskussionsrunde an, in der die Teilnehmer das halbe Land von El-País-Lesern abkochen.

Wir kommen am Verteidigungsministerium vorbei, und das Scheißtelefon funktioniert nicht, und mein Radio fängt an, komische Sachen von sich zu geben.

»Ihr Radio stört mein Telefon«, sagt die Alte, als ob sie bei der NASA wäre.

»Das ist das Ministerium, nicht ich.«

»Und warum haben wir jetzt angehalten?«

»Da ist eine Demonstration, und die Straße ist blockiert.«

»Das kann ich gar nicht glauben.«

Diese eingebildeten Ziegen sagen immer solche Sachen: »Das kann ich gar nicht glauben« oder »Das ist ja unglaublich«. Ich sehe im Rückspiegel, wie die aggressive Managerin, sie kann auch eine Anwältin, eine Abgeordnete oder eine hochrangige Beamtin sein, in ihrer riesigen Handtasche wühlt und eine Zigarette rausholt und anzündet. Ich drehe mich um und sage ihr, wobei ich zu lächeln versuche, obwohl mir beim nach hinten Schauen ein Schwall *Oh de Toalett Mon Bidet* in die Nase zieht, daß mir davon schlecht wird:

»Entschuldigen Sie, aber hier ist Rauchen verboten. Das steht doch ganz klar auf den Schildern.«

Ich rauche, aber Sebastián, der das Taxi nachts fährt und Asthma hat, der erträgt es nicht, daß in dem Wagen geraucht wird. Da ist er unerbittlich und hat alle Ascher herausgerissen. Aber vor allem macht es mir einen Riesenspaß, Frau Klugscheiß in die Schranken zu weisen.

»Entschuldigen Sie, aber wenn ich Ihr Radio ertragen muß, dann müssen Sie auch meine Zigarette ertragen.«

»Nein, entschuldigen Sie, es gibt nämlich keine Verordnung, weder von der Regionalregierung noch von der Stadtverwaltung, nach der es verboten wäre, das Radio anzuhaben. Dagegen gibt es die sehr wohl über das Rauchen. Sie werden die Zigarette ausmachen müssen, weil ich Asthmatiker bin.«

»Das tut mir aber leid«, sagt die Alte mit einem herablassenden Unterton, von dem sich mir der Magen umdreht.

Der Polizei ist es gelungen, die Demonstranten von der Fahrbahn zu holen und sie auf den Gehsteigen zusammenzudrängen. Einige halten große Spruchbänder, auf denen Gerechtigkeit für die Milcherzeuger gefordert wird, und andere führen drei oder vier Kühe, die muhen vor Angst vor dem Lärm, den das Hupkonzert der stocksauren Autofahrer und das Pfeifkonzert der Bauerntölpel verursachen und der selbst Hiob höchstpersönlich aus der Fassung gebracht hätte. Die Autos setzen sich langsam wieder in Bewegung. Auf den Gehsteigen versuchen die Demonstranten, die Sympathie der Autofahrer zu gewinnen. Da haben sie sich aber verrechnet.

»Wir kommen aus Asturias und fordern Gerechtigkeit für die Milch! Nieder mit der Europäischen Gemeinschaft!« schreit ein Hüne von einem Kerl und versucht dabei seinen Kopf durch mein Seitenfenster zu stecken, das ich immer heruntergedreht habe, um die Kunden zu nerven, erst recht, wenn es sich um ein Weib handelt.

»Leck mich mal kräftig am Arsch, du Arschloch. Geh gefälligst nach Brüssel demonstrieren, du Wichser«, sage ich zu ihm, nicht etwa, weil ich ihn nicht mag oder weil ich denken würde, er hätte nicht recht, denn das hat er sicherlich, sondern weil ich sauer auf Frau Klugscheiß bin und sie gleich loswerden will, damit sie mir nicht die Hölle heiß machen kann, als wäre ich verantwortlich für die Demonstration und den Stau.

»Schließlich und endlich ist das ein Arbeiter, der für seine Rechte eintritt, so gut er kann. Den hätten Sie nicht so beleidigen dürfen. Da braucht man sich nicht zu wundern, woher der schlechte Ruf kommt, den wir Madrider überall in diesem Staat haben.«

Wenn es etwas gibt, was ich vom vielen Fernsehen gelernt habe, dann ist es das, daß jemand, wenn er »dieser Staat« sagt und damit Spanien meint, entweder Baske oder Katalane ist oder aber bis zum Hals in der Politik steckt. Der Schnepfe ist aber scheinbar kein besonderer Akzent beim Sprechen anzuhören, eben nur der typische affektierte Feine-Leute-Akzent.

»Sind Sie aus San Sebastián?« frage ich sie und sehe in den Rückspiegel, wie sie schnauft. Denn irgend so was ist sie, und zwar von der üblen Sorte. Im Radio sind die Ärsche von Diskussionsrundenteilnehmern immer noch feste dabei, den Abgeordneten einen Anzug auf den Leib zu schneidern, weil die sich nach Lust und Laune das Gehalt erhöhen wollen.

»Aus Navarra, und das ist was ganz anderes«, antwortet sie und kurbelt dabei das Fenster runter, um die Kippe rauszuwerfen.

Ich sage nichts mehr, weil das einzige, was mir einfällt, das mit San Fermín ist, und konzentriere mich aufs Radio und meine Arbeit, nämlich einem Volvo mit Automatik auszuweichen. Sitzt da doch so ein mit lauter Armbändern und Ohrringen behängtes Weib am Steuer von so einem Schlitten und wechselt gerade ohne Zeichen die Spur, weil es ihr so aus den Eierstöcken kommt. An der nächsten Ampel schlenkere ich mal kurz, und sie muß voll auf die Bremse steigen. Sie schaut mich an und führt ihre beringte Hand zur Schläfe, als ob sie mir sagen wollte, daß ich verrückt wäre. Also strecke ich den Kopf raus und sage zu ihr:

»Ich bin vielleicht verrückt, aber das da ist zuviel Auto für dich.« Sie sagt gar nichts und starrt die Ampel an, bis die von Rot auf Grün umschaltet. So was von Gleichgültigkeit, als ob ich nicht da wäre, das macht mich noch wütender. »Na, da wirst du aber ganz schön was zu tun gehabt haben, bis du so 'nen Schlitten fahren konntest. Und dann diese ganzen Klunker, meine Fresse.«

Die Alte behandelt mich immer noch wie Luft. Schaut geradeaus und hat dabei beide Hände, üppig beringt, am Lenkrad. Wenn in dem Augenblick nicht die Ampel auf Grün geschaltet hätte, dann wäre ich aus dem Taxi ausgestiegen und hätte sie endgültig fertiggemacht. Die alte Schnepfe startet mit ihrer Automatik wie der Blitz, perfekt. Nicht so wie ich. Ich muß ja den ersten Gang einlegen, und in meinem augenblicklichen Zustand des inneren Aufruhrs kriege ich ihn nicht rein, und der Jüngling in dem Seat Toledo hinter mir hupt mich kräftig an.

»Halt's Maul, du Trottel, sonst reiß ich dir dein Ding mit einem Biß weg. Wo gibt's denn so was? Heutzutage sind die Leute aber echt hysterisch.«

»Da wird wohl was dran sein«, sagt Frau Klugscheiß. Die hatte ich fast schon vergessen. Ich hatte gar nicht bemerkt, daß sie sich schon wieder eine Zigarette angezündet hatte.

»Hatte ich Ihnen nicht gesagt, daß hier im Taxi nicht geraucht werden darf ... Sie haben doch schon eine geraucht. Ich habe so getan, als hätte ich nichts gemerkt, und jetzt rauchen Sie gleich noch eine.«

»Ich habe Ihnen doch gesagt, daß ich, wenn Sie weiter Radio hören, weiter rauche.«

Immer rumkommandieren, wie alle Weiber. Vor allem wie Gelu. Das können sie alle, die Weiber, rumkommandieren und erpressen. Gibst du mir das, gebe ich dir das. Nie geben sie einem was umsonst, die Weiber. Nicht einmal meine Mutter. Von klein auf wird dir das eingetrichtert. Wenn du brav bist, gehe ich mit dir in den Zirkus; wenn du mir die Wolle aufwickeln hilfst, dann gebe ich dir ein Küßchen und ein Stück Kuchen.

Und so geht das ein Lebtag. Wenn du schön Geld heimbringst und mir schöne Sachen kaufst, dann laß ich dich ran; wenn nicht, kannst du dir ja gratis einen runterholen. Unersättlich, die Weiber. Und immer das gleiche. Obwohl einige zu weit gehen oder ein Glück haben, wie sie es einfach nicht verdienen. Sieh dir diese Schnalle im Jaguar an. Die muß ja vögeln wie der liebe Gott, damit ihr Mann oder was weiß ich wer ihr die neun bis zehn Milliönchen in die Hand gibt, die dieses Wunderwerk der modernen Technologie kostet, mit seinen sechs Zylindern und seinen zweihundertachtzig Spitzenpferdchen. Hoffentlich rast die mal auf einen Tankwagen von Campsa drauf, daß dann alles zusammen verbrennt, die Schnepfe, der Jaguar und die ganzen Ringe und Armbänder.

Und dann: Wie sind denn die Weiber? Also echt. Wenn du sie anfassen willst, dann werden sie ganz steif und tun beleidigt: Was fällt dir denn schon wieder ein? Laß mich in Ruhe! Jetzt habe ich keine Lust. Warum muß das immer sein, wenn *du* Lust hast? Und dieser ganze feministische Quark, den sie absondern. In letzter Zeit muß ich, wenn ich mit Gelu eine Nummer schieben will, immer einen Antrag stellen, als ob ich was von einem Minister wollte:

»Ich bitte Euer Exzellenz untertänigst, da ich mich in der Notwendigkeit befinde, davon Gebrauch zu machen, daß Sie mir wohlwollend die Gunst erweisen mögen, baldmöglichst von Ihrem untertänigen Untergebenen gevögelt zu werden bereit zu sein.

Hochachtungsvoll grüße ich Euer Exzellenz und küsse die Füße Eurer Exzellenz. Anbei eine Steuermarke über zwei Eier.«

Und jetzt ist diese Gelu auch noch schwanger, ausgerechnet jetzt, wo wir es einmal pro Woche machen, wenn's hochkommt. Also ist es nicht von mir, das ist ja wohl klar. Wenn nämlich ein Weib, also deine Frau, keine Lust hat, mit dir zu vögeln, dann liegt das daran, daß sie mit einem anderen vögelt. Die setzt mir Hörner auf, die setzt mir Hörner auf, das Miststück, und jetzt will sie mir den Balg unterschieben.

Aber die wird sich noch umgucken, zu was ich in der Lage bin, die liebe Gelu. Jetzt ist die Kacke am Dampfen, und schuld ist sie.

»Hier lang kommen wir bis Weihnachten nicht an«, sagt die aus Navarra plötzlich. Die hatte ich ganz vergessen, so war ich in meine Gedankengänge vertieft.

»Schon wieder 'ne Zigarette? Sie setzen aber gern Ihren Kopf durch, was?« Fast hätte ich noch gesagt, wie alle Weiber, aber ich hielt den Mund, weil mir gerade auffiel, daß ich in die falsche Avenida eingebogen war und wir geradewegs in die falsche Richtung fuhren. »Verdammte Sch... Sie haben recht. Ich war abgelenkt.«

»Man kann ja auch nicht dauernd irgendwelchen Bekloppten zuhören, die sich die Köpfe heiß reden, und dabei gute Arbeit leisten. Das habe ich Ihnen doch schon die ganze Zeit gesagt, seit ich zu Ihnen ins Taxi gestiegen bin.«

Wenn die sich mal was in den Kopf gesetzt haben, kann man nichts mehr machen.

»Was haben Ihnen denn solche Diskussionsrunden getan?« frage ich, während ich, so gut ich kann, wende und dabei gegen drei oder vier Verkehrsregeln verstoße.

»Mir? Gar nichts. Aber ich mag sie nicht.«

»Aber ich. Allerdings mag ich es nicht, wenn in meinem Wagen geraucht wird.«

»Ihr Wagen? Ein Taxi ist eine öffentliche Dienstleistung. Und ich bin hier Öffentlichkeit. Folglich stehen Sie mir zu Diensten.«

Dieses »folglich« klingt wie Alarmglocken in meinen grauen Zellen.

»Sieh mal einer an, Sie reden ja wie Felipe González«, sage ich und beobachte im Rückspiegel, was sie für ein Gesicht macht. Sie begnügt sich damit, den Rauch durchs Seitenfenster zu blasen, das sie einen Schlitz weit geöffnet hat.

»Na und? Wenigstens rede ich und belle nicht wie andere. Wobei ich niemanden im besonderen meine.«

»Aha. Obwohl, wenn Sie eine Sozi sind oder Sympathisantin, dann sehe ich schon einen Grund dafür, daß Sie diese Art von Debatten nicht mögen.«

»Womit ich sympathisiere, geht nur mich was an, das halte ich, wie ich will. Und jetzt machen Sie endlich das verdammte Radio aus.«

»Na, wer bellt denn da jetzt, hä? Ich jedenfalls spreche Sie ganz manierlich an, Señora.«

»Wissen Sie was? Halten Sie hier an der Ecke an. Ich steige aus.«

»Na, so brauchen Sie sich ja nun auch wieder nicht anzustellen.«

»Sie sollen anhalten, sage ich! Ich halte das nicht mehr aus, Sie nicht, das verdammte Radio nicht und Ihre verdammte Diktatur auch nicht. Keine Minute länger.«

»Aber ... Was habe ich Ihnen denn getan? Beruhigen Sie sich doch, Señora.«

Ich halte den Wagen an der Ecke an und schaue auf den Zähler: 850 Peseten.

Die aus Navarra holt ihr Portemonnaie heraus und gibt mir einen Tausender. Sie ist außer sich, und ihre Hände zittern leicht. Ich fange an, in der Blechschachtel, die ich auf dem Beifahrersitz liegen habe, nach Münzen zu kramen, und sie sagt zu mir:

»Natürlich werden Sie kein Kleingeld zum Rausgeben haben.«

»Doch, hab ich. Nur nicht nervös werden.«

»Behalten Sie den Rest und kaufen Sie sich davon ein Deo. Ihr Wagen stinkt nämlich nach Schweiß, nach Knoblauch und nach Scheiße.«

»Sozialisten wie Sie sind aber auch schlechte Verlierer, wirklich wahr.«

Aber Miss *Oh de Toalett Mon Bidet* ist schon aus dem Taxi ausgestiegen und haut mir die Tür zu, daß das ganze Ministerium wackelt.

Die spinnen doch alle hochgradig, die Weiber. Die war so genervt, weil ich »Señora« zu ihr gesagt habe. Neulich habe ich

Gott weiß wen im Radio sagen hören, daß es die Weiber in einem bestimmten Alter auf die Palme bringt, wenn man statt »Señorita« »Señora« zu ihnen sagt. Das verzeihen sie einem nicht. Die soll mich mal kräftig am Arsch lecken, diese eingebildete Ziege, diese arrogante.

Ein Scheißtag ist das heute.

# América.
# Ungeduldig

América hatte die Tür des Taxis so wütend zugeschlagen, daß sie sich dabei zwei Fingernägel abgebrochen hatte. Den einen knapp über der Fingerkuppe. Sie wollte nicht hinsehen, aber sie spürte einen stechenden Schmerz, der ihr bis in den Ellenbogen zog, als ob man ihr den Unterarm in Scheiben geschnitten hätte.

Sie stellte sich an die Ecke, um auf ein anderes Taxi zu warten, denn bis zum Büro war es noch ein gutes Stück Weges, und gerade fing es an zu regnen. Zu Hause hatte sie beim Hinausgehen noch einen Augenblick überlegt, ob sie den Trenchcoat mitnehmen sollte oder nicht. Sie hatte ihn schon in der Hand gehabt, wollte ihn sich über den Arm legen, da war ihr ein kleiner Fleck am Ärmel aufgefallen, und das hatte gereicht, um ihn auf dem Sofa liegen zu lassen. Außerdem hatte der Wetterfritze im Radio gerade gesagt, daß im Laufe des Vormittags starke Regenschauer niedergehen könnten, und man weiß ja, daß diese Typen nie einen Treffer landen.

Aber innerhalb von Sekunden wurden die Tropfen zu einem wahren Wasserfall. Und ein Taxi kam nicht mal aus Versehen vorbei. Sie betrachtete ihren rechten Zeigefinger: Der Fingernagel hing daran, daß es sie grauste, wie eine Hühnerkralle. Dann sah sie auf die Uhr: schon fünfzehn Minuten Verspätung. Mit der linken Hand zog sie ihr Handy heraus. Natürlich war der Akku leer. Sie wußte es, ja, sie wußte es. Gestern abend hatte sie vergessen, ihn aufzuladen, und wenn du es nicht auflädst, dann funktioniert diese Spitzenerfindung des Jahrhunderts einfach nicht, das Miststück.

Sie sah sich um, aber weit und breit gab es kein Lokal, kein Café, kein Restaurant. Das ist schon wirklich Pech. In Madrid gibt es mehr Lokale als in allen Städten der Europäischen Gemeinschaft zusammen. Aber sie war ausgerechnet in den hundert Quadratmetern nicht etwa der Stadt, sondern des gesamten Kontinents gelandet, auf denen es nicht das kleinste Lokal gab.

Der Taxifahrer hatte sie auch noch den letzten Rest an bißchen Geduld und klarem Denken gekostet, der ihr noch geblieben war. Denn das alles lag nur an ihrem großen Schwachpunkt, ihrem inneren Schweinehund: Faulheit. Sie war zu faul gewesen, heute morgen das Auto aus der Garage zu holen. Sie war zu faul gewesen, den Trenchcoat mitzunehmen, und jetzt war sie völlig durchnäßt. Gestern abend hatte sie daran gedacht, das Handy aufzuladen, aber da lag sie schon im Bett und hatte das Licht ausgeschaltet, und da war sie zu faul gewesen, noch einmal aufzustehen.

América überlegte, was sie jetzt tun könnte. Erstens könnte sie an der Ecke stehenbleiben, naß bis auf die Knochen, bis sie in Ohnmacht fiele und ein SAMUR-Krankenwagen sie abholen würde. Zweite Möglichkeit: den Kilometer bis zum Büro zu Fuß gehen. Nummer drei: auf den Bus warten. Und viertens: trampen. Eins schlimmer als das andere. Also entschied sie sich für die fünfte Möglichkeit und fing an zu weinen. Weinen ist wie Krieg: Man weiß, wann es anfängt, aber nie, wann es aufhört. Und die Folgen sind verheerend. Die Ärzte behaupten, Weinen sei gut. Aber das kennt man ja von denen: Die haben keine Ahnung, wovon sie reden. Oder sie halten Weinen für etwas wie Yoga oder Rumpfbeugen: Jetzt werde ich mal zehn Minuten Weinen absolvieren. Frau weint, weil sie leidet und erschöpft ist von der Machtlosigkeit und von der Traurigkeit, und das ist nicht nur nicht gut, sondern ausgesprochen schlecht für alles, für die Gesundheit und für den Teint.

América sah auf ihre Füße. Ihre hochhackigen Schuhe, für die sie letzte Woche siebzehntausend Peseten hingeblättert hatte, standen in einer Pfütze. Die Regentropfen fielen dick wie Schrotkugeln auf das edle Saffianleder. Ihre Füße waren so naß, daß sie es schon gar nicht mehr spürte. Es war, wie wenn man in die Badewanne steigt: Am Anfang ist es fast nicht auszuhalten, und dann merkt man gar nichts mehr. Selbst wenn jetzt doch noch ein Taxi vorbeikäme, müßte sie erst nach Hause fahren und sich umziehen. In dem Aufzug konnte sie nicht ins Büro gehen.

Der Regen ließ langsam nach. Sie sah die Straße auf und ab. Um sie herum waren eine Kaserne, eine Klosterschule mit Kirche, die über zwei Querstraßen ging, und eine Art Fabrikschuppen. Der ideale Ort zum Sterben, in Ohnmacht zu fallen oder von einem Raumschiff entführt zu werden.

Das brachte sie darauf, daß der letzte Krach mit Carlos, als sie sich bereits getrennt hatten und sie schon seit einem Monat bei ihrer Schwester wohnte, genauso ausgegangen war. Sie war wutschnaubend aus dem Auto ausgestiegen, mitten in der Casa de Campo – damals arbeitete sie als Sekretärin bei Televisión Española, und ihr Exmann hatte sie abgeholt, um miteinander zu reden. Carlos war unverschämt und aggressiv geworden, wie man das ja an ihm kannte, und sie war völlig genervt gewesen, wie man das ja auch an ihr kannte. Sie war aus dem Auto ausgestiegen, wie blöd, mitten in der Prärie, umgeben von Nutten und Transen, und es hatte wie aus Eimern gegossen. Am Ende hatte ein Polizeiauto sie aufgelesen, das dort Streife fuhr. Keine Frage: Wer einmal in eine Pfütze getreten ist, der sucht eifrig nach der Pfütze, um noch einmal reinzutreten.

Der Gedanke an Carlos machte sie wütend, und davon verging ihr die Lust am Weinen. Sie hängte sich die Tasche über die Schulter und ging los. Da hörte sie ein ungeduldiges Hupen und sah sich um:

»He! Was machst du denn da? Siehst ja aus wie ein begossener Pudel. Komm, steig ein.«

Mein Anwalt. Er taucht immer dann auf, wenn man es am wenigsten erwartet und die abwegigsten Gedanken hegt, aber diesmal kam er ziemlich gelegen.

»Ich war gerade auf dem Weg zu dir ins Büro.«

»Ich müßte erst noch nach Hause, mich umziehen. Ich hatte Streit mit einem Taxifahrer. Und ich habe mir einen Fingernagel abgebrochen.«

»So ein Pech. Ich habe nämlich die Verträge mit AUTINSA dabei, unterschrieben und gestempelt, und einen schönen Scheck, der dir Freude bereiten wird.«

»Wirklich? Du hast's geschafft? Das ist ja unglaublich. Endlich eine gute Nachricht.«

América sah aus dem Seitenfenster. Es hatte nicht nur aufgehört zu regnen, sondern die Sonne kam auch langsam hervor. Das Klima in dieser Stadt ist doch nicht zu fassen. Wenn sie nicht hinfaßte, tat ihr der Fingernagel schon gar nicht mehr weh. Und sie dachte, daß es, wenn sie schon einen Schnupfen kriegen sollte, auch nichts mehr bringen würde, wenn sie jetzt nach Hause fahren und sich umziehen würde. Wenn sie dann erst einmal zu Hause wäre, würde wieder ihre Faulheit zuschlagen – die Faulheit, diese Sünde lauert immer und überall –, und sie würde es sich überlegen, ob sie den ganzen Weg noch einmal zurücklegen wollte. Im Büro hatte sie Aspirin und Strümpfe zum Wechseln, und dann könnte sie ja einen Boten nach Hause schicken, um ein Paar Schuhe zu holen. Der Vertrag mit der Spedition war schon eine Grippe wert.

So hart war das Leben des arbeitenden Mädchens, daß sie wie Gott in Frankreich lebte mit ihrem Job als Direktionssekretärin beim spanischen Arbeitgeberverband CEOE: Büro mit Teppichboden, luxuriös und leise, ein organisierter, disziplinierter und super wohlerzogener Chef, vierzehn ausgesprochen gute Monatsgehälter und kostenloser Eintritt zu Konzerten, Opern und Premieren, weil ihr Chef immer Einladungen bekam und Abonnements hatte, aber fast nie Gebrauch davon machte. Ihre Arbeit war anstrengend, aber sie hatte Spaß daran, weitere zwei

Sekretärinnen unter sich, und sie hatte Macht, und ob sie die hatte. Die Leute von drinnen und von draußen gingen ihr um den Bart, sahen in ihr ein äußerst wichtiges, einflußreiches Element, und das gefiel ihr ausgesprochen gut, obwohl es sie auch dazu zwang – dessen war sie sich bewußt –, ständig auf der Hut und schön zurückhaltend zu sein, niemals Werturteile über Personen oder über Situationen abzugeben. Und natürlich auch dazu, sich eine angemessene Garderobe zuzulegen, die weder besonders auffällig noch besonders unauffällig sein durfte. Klar, eigentlich war sie für die Arbeit überqualifiziert, weil nämlich América einen Abschluß in Wirtschaftswissenschaften hatte, und dazu hatte sie einen Master in Markttechniken und ein Studium in PR und Werbung absolviert. Aber das spielte keine Rolle: Angesichts der Lage auf dem Arbeitsmarkt für verheiratete Frauen dankte sie Gott jeden Tag. Freilich hatte man bei der Einstellung vor allem auf ihre Fremdsprachenkenntnisse Wert gelegt: Französisch, Englisch und Deutsch. Daß sie die beherrschte, hatte für sie keinerlei Bedeutung, denn mit einer deutschen Mutter und einer irischen Stiefmutter und nachdem sie das französische Lyzeum besucht hatte, war der Umgang mit Fremdsprachen für sie nichts, was besondere Anstrengungen oder Fähigkeiten erforderte. Aber es war das, was man am meisten an ihr schätzte und honorierte.

Es war also eine angenehme Arbeit. Und gut bezahlt. Das ermöglichte es ihr, für eine gute Betreuung ihrer beiden Kinder zu sorgen, sich ihnen ohne Hast und Hetze zu widmen, Ferien und Reisen zu organisieren. Bis ihre Freundin und Studienkollegin Carmen Sastre ihr den Floh ins Ohr setzte, sich selbständig zu machen und ein PR- und Image-Büro für Firmen aufzumachen. Auch Carmen hatte einen bequemen Job in einer Investmentfirma, aber sie war besessen von dem Gedanken an etwas Eigenes, so wie manche verrückt sind nach Designerartikeln oder nach Autos. Da sie weder verheiratet war noch Kinder hatte, verfügte sie über alle Zeit der Welt, um neue, riskante und schwierige Dinge auszutüfteln.

Und sie kriegte mich dran, ja, ich ging ihr auf den Leim. Ausgerechnet zu der Zeit, als die Situation mit Carlos immer unerträglicher wurde. Er war immer seltener zu Hause, kümmerte sich kaum noch um die Kinder, bekam sie fast nicht mehr zu Gesicht. Und wenn er mal auftauchte, dann tat er so, als ob nichts geschehen wäre, als ob es ganz normal wäre, daß er nie sagte, wohin er ginge, wann er zurückkäme oder was zum Teufel er anstellte und mit wem. Und ich war von Tag zu Tag depressiver, ohne zu wissen, wie ich mich verhalten sollte. Also ließ ich mir von Carmen den Floh ins Ohr setzen. Und nach und nach erschien mir das, was mir anfangs so absurd vorgekommen war wie Bunjeejumping, immer leichter zu handeln, ja sogar schmackhaft. Carmen kam abends zu mir nach Hause, wir brachten die Kinder ins Bett und aßen eine Kleinigkeit, und dann erläuterte sie mir ihre Vorstellungen, ihre Pläne und ihre Meinung über die Angelegenheit. Ich wurde von ihrem krankhaften Enthusiasmus angesteckt und gab meine Meinung dazu ab und brachte eigene Ideen ein. Wir fertigten Grafiken und Zukunftsprojektionen an, und das alles wirkte sehr lustig und gab uns Auftrieb. Wenn ich dann ins Bett ging, war mein Kopf voller Ideen und Projekte. Aber am nächsten Tag stand ich auf und dachte: »So was Verrücktes, unmöglich, ich werde nie imstande sein, mich auf so etwas einzulassen.«

Eines Sonntag vormittags stand ich gerade in der Küche und machte Frühstück für die Kinder, weil Mariana samstags mittags geht und erst am Montagmorgen wiederkommt. Die Uhr zeigte acht Uhr, aber es war schon neun, weil nachts die Zeit umgestellt worden war. Carlos hatte auch nicht zu Hause geschlafen. Das Abendessen mit den Leuten von Peugeot mußte wohl eine Orgie gewesen sein, obwohl ja höchstwahrscheinlich die Leute von Peugeot eigentlich eine Tussi von Mitte Zwanzig war, mit großen Titten und Lust aufs Vögeln, zwei Dingen, mit denen ich nicht dienen kann. Was mich aber an dem Morgen auf die Palme brachte, war die Selbstverständlichkeit, mit der Carlos sich die Nächte frei nahm, ohne Bescheid zu sagen, ohne Gewissensbisse und ohne die geringste Sorge, daß ich mich aufregen könnte.

Das geschah ja nicht zum erstenmal, und ich wußte ganz genau, was jetzt gleich passieren würde. Carlos würde lächelnd ankommen, die Krawatte in der Jackentasche, die Zeitungen unter dem Arm und einen Strauß Nelken von der Zigeunerin, die sie neben dem Kiosk verkauft. Er würde nach einem Kaffee verlangen, würde mir einen Kuß geben und anfangen zu erzählen, wie langweilig die Peugeot-Leute waren, wie sehr denen seine Ideen für die neue Kampagne gefallen haben – Carlos ist Teilhaber einer Werbeagentur –, und wie die Franzosen, wo die doch so kartesianisch gestrickt sind, übergeschnappt sind, als sie in die Sala Caracol zur Flamenco-Show gingen, und danach noch in was weiß ich welche Disco, in der Salsa gespielt wird, und dann noch nach San Ginés zum Churros-Essen. Und bevor er mir dieses lange Märchen zu Ende erzählt hätte, würde Julio auftauchen, der Kleine, und würde überschnappen vor Freude darüber, daß er seinen Vater wach vorfindet, und dann würde Pablo weinend hereinkommen – das ist der größere, schon acht und wacht immer weinend auf, das Kind –, aber seine kosmisch trostlosen Tränen würden sofort versiegen, weil Carlos ihm einen Zaubertrick vorführen würde. Vor den Kindern traute ich mich nicht, den Mund aufzumachen. Und dann löste sich immer alles in der Routine auf.

Aber diesmal würde es nicht so sein. Kinder hin oder her. Ich stellte das Frühstück der Kinder auf Tabletts, damit sie beim Frühstücken im Wohnzimmer Zeichentrickfilme im Fernsehen anschauen konnten, darauf waren sie ganz wild.

Carlos kam herein, unfehlbar mit den Zeitungen unter dem Arm, die Krawatte in der Jackentasche und das Lächeln eingeschaltet.

»Und die Nelken?« fragte ich und schlürfte an meinem Kaffee, damit er mir keinen Kuß geben konnte.

»Weiß nicht, heute früh war die Zigeunerin nicht da.«

»Vielleicht ist sie ja gestorben, die arme Frau.«

»*Ich* bin tot. Die Peugeot-Leute haben mich ganz schön hergenommen. Wir waren in Gott weiß wieviel Kneipen und In-Discos, und die Kerle waren fit wie die Turnschuhe. Die nehmen alles mit, was man ihnen vorsetzt, aber ich werde langsam alt. Ich habe es gründlich satt, daß ich immer irgendwelchen Ausländern die Madrider ›Movida‹ vorführen muß.«

»Ist ja auch ein starkes Stück. Warst du alleine, oder war Pedro auch dabei?«

»Pedro und José María Fernández, der wird bei dem neuen Spot Regie führen. Ein junger Kerl. Hat sehr gute Ideen.«

»Du hättest dich ja abseilen können, wenn alles so langweilig war und du so gerädert warst.«

»Das ist nicht so einfach. Gib mir ein Aspirin, mir platzt der Schädel.«

»Nicht einfach ist es, ein Doppelleben zu führen und so zu tun, als wäre alles normal und selbstverständlich.«

»Ein Doppelleben? Wie meinst du das?«

»Du willst mich wohl für dumm verkaufen. Aber das bin ich nicht.«

»Du wirst mir doch keine Szene machen wollen, jetzt, wo die Kinder gerade frühstücken.«

»Die sitzen vor Zeichentrickfilmen, und damit ist jetzt Schluß, daß die Kinder immer vorgeschoben werden. Um die kümmerst du dich doch kein bißchen.«

»Das ist gelogen. Was ist denn heute los mit dir? Ich bin spät heimgekommen, tut mir leid. Ich habe irgendwie gearbeitet, also entschuldige bitte, tut mir unendlich leid, und damit hat sich's.«

Dieses »irgendwie« war eine Krücke, an der sich Carlos sehr oft festhielt, und es regte mich unheimlich auf.

»Irgendwie setzt du mir Hörner auf, unsere Ehe ist dir doch völlig Wurscht, und irgendwie hab ich es satt, immer so zu tun, als wäre nichts. Also ...«

»Also, was?«

Eigentlich redete ich wie im Diktat, ganz improvisiert, ohne vorher darüber nachgedacht zu haben, was ich sagen würde, und ich war über das, was ich mich da gerade aussprechen hörte, selbst überrascht. Aber ich redete weiter, ohne nachzudenken. Das war eine neue Erfahrung.

»Also, nichts. Wir trennen uns, fertig.«

»Ha! Wir trennen uns, fertig. Weißt du eigentlich, was du da gerade für einen Scheiß absonderst?«

»Für alle ist es besser, wenn wir uns im guten trennen, als wenn es im bösen abläuft. Ohne Schläge, ohne Kräche oder Erpressungen.«

»Das ist ja die Höhe. Ich komme total gerädert heim, nach einer Nacht mit Bekloppten, und du veranstaltest hier diesen Zinnober. Also, weißt du, das ist wirklich eine Riesenscheiße.«

»Du kannst soviel fluchen, wie du willst: Die Situation bleibt so, wie sie ist.«

»Und warum willst du dich von mir trennen? Weil ich eine Nacht nicht zu Hause geschlafen habe? Du bist doch wirklich schon zu alt für solche Geschichten.«

»Für andere anscheinend auch, weil wir ja schon seit Gott weiß wie lange nicht mehr miteinander schlafen. Das war nicht die erste Nacht, wo du ohne erfindlichen Grund nicht zu Hause geschlafen hast, und ich habe auch nichts dagegen, daß du dein eigenes Leben führst, deine Geliebten hast und alles. Aber ich brauche das ja nicht mehr zu ertragen, und ich will alleine mit meinen Söhnen leben. Aber wirklich alleine.«

»Sieh mal einer an, wie schön: Sie möchte alleine mit ihren Söhnen leben. Wie schön, wie romantisch. Darf ich dich daran erinnern, daß es auch meine Söhne sind und daß ich gerne mit ihnen lebe. Und ich habe nicht die geringste Absicht, mich von dir oder von ihnen zu trennen. Damit du's weißt.«

Das alles geschah gegen Ende des Winters und den ganzen Frühling über. Carlos und ich gingen uns aus dem Weg. Jedesmal wenn wir uns zu Hause begegneten, sagte ich das gleiche zu ihm: »Ich will mich von dir trennen.« Er haute die Türen zu, und ich unternahm nichts in Sachen Trennung – aus Faulheit, natürlich. Der Sommer kam. Ein Sohn fuhr ins Ferienlager seiner Schule, den anderen verfrachtete ich nach Hondarribia – früher Fuenterrabía – zu seiner Oma, wo ich auch als Kind die Sommer über gewesen war. Anfang Juli ging ein Unwetter über Madrid nieder, das Geschichte schrieb. Die halbe

Stadt und fast alle Vororte waren überschwemmt. Autos und Menschen wurden von den Fluten mitgerissen. Die Wassermassen, das ging einen Nachmittag und die ganze Nacht so, zerstörten unsere Terrasse und die Dachterrasse direkt über unserer Wohnung. In einigen Zimmern stürzte die Decke ein. Das Wasser stand uns bis zu den Knöcheln.

In jener Nacht der Verwüstung und Trostlosigkeit sah ich es ganz deutlich: Die Natur schickte mir ein Zeichen, daß ich endlich handeln sollte. Wir schliefen bei Almudena, Carlos' Schwester. Ihr Mann ist Architekt, und sie haben drei Kinder. Sie wohnen in einem riesigen Haus. Und als ich unsere Wohnung verließ, wußte ich plötzlich, daß ich dort nicht mehr wohnen würde, daß dies ab sofort meine Exwohnung wäre. Ich wußte das, weil ich kein bißchen Wehmut empfand. Ganz im Gegenteil: Ich fühlte mich erleichtert und froh, als hätte ich mich von einer riesigen Last befreit, genauso, als hätte ich gerade eine furchtbar schwere, problematische Prüfung bestanden.

Am nächsten Tag fuhr Carlos ins Ausland, und ich machte mich auf in ein Immobilienbüro, um mir eine Mietwohnung suchen zu lassen. Dann ging ich zu Carmen und sagte ihr, jetzt aber los, gründen wir endlich unsere Consulting-Firma. Und danach ging ich zum Friseur, ließ mir meine Beine von oben bis unten enthaaren und mich peelen.

# Tiefgekühlt im trauten Heim

Es macht mich krank, wenn ich heimkomme und sehe, wie Gelu immer auf dem Sofa fläzt und fernsieht, als ob sie nichts anderes zu tun hätte. Ich kann nicht anders. Wenn ich früher nach Hause kam, dann war meine Mutter immer in der Küche, spülte das Geschirr vom Abendbrot meiner Brüder oder bügelte die Hemden meines Vaters, oder sie war beim Kochen.

Klar, ich sehe schon ein, daß das bei meiner Mutter übertrieben war. Wenn sie fernsehen wollte, fragte sie meinen Vater um Erlaubnis. Sie setzte sich auf einen steifen Eßzimmerstuhl, nahm ihr Häkel- oder ihr Strickzeug, und dann ging's los: Sie arbeitete, während sie in die Glotze schaute. Meine Mutter war eine Meisterin darin, mehrere Dinge gleichzeitig zu tun. Sie bügelte beim Kochen, und wenn sie spülte, paßte sie gleichzeitig auf, daß wir unsere Hausaufgaben machten. Niemals habe ich sie auf einem Sofa liegen gesehen, oder in einem Sessel hingefläzt, ohne einen Streich zu tun. Ich kann nichts dafür, aber wenn ich eine Frau so daliegen sehe, muß ich immer an Nutten denken, wie sie im Puffsalon aufreizend auf Freier warten.

Und denken Sie jetzt bloß nicht, daß Gelu aufsteht, um mir einen Kuß zu geben, wenn sie hört, daß ich reinkomme. Sie bleibt einfach so liegen, sonst könnte sie sich ja durch eine heftige Bewegung einen Bruch heben.

»Hallo, wie war der Tag?« sagt sie zu mir und hebt dabei einen Arm. Das heißt dann, daß ich näher kommen soll, um ihr einen Kuß zu geben.

»Furchtbar, entsetzlich. Was gibt's zum Abendessen?«
»Fischfilet.«
»Natürlich tiefgefroren.«
»Ich habe mich persönlich nach Vigo begeben und sie gefischt. Du sagst vielleicht Sachen, Eusebio. Aber ich habe den Apfelkuchen gebacken, wie er dir schmeckt, den von deiner Mutter.«
Ich setze mich in den Sessel und ziehe die Schuhe aus.
»Komm, Gelu, hol mir mal ein Bier.«
»Da haben wir's wieder. Hol's dir doch selber. Ich habe hier geputzt und gekocht, seit ich daheim bin.«
»Und ich habe fast zehn Stunden am Lenkrad hinter mir, und das in dieser Stadt mit lauter Geistesgestörten, ständig Streit mit Kollegen und Fahrgästen.«
»Du armer Kerl, wie leid du mir tust. Du hast es wenigstens mit verschiedenen Leuten zu tun. Dagegen muß ich jeden Tag dieselben Visagen sehen und mir denselben Quark anhören. Was hast du denn da?«
»Da war so eine Spinatwachtel bei mir im Taxi, die hat mir die Hölle heiß gemacht, weil ich Radio hörte, und als sie wutschnaubend ausstieg, hat sie das hier liegengelassen. Und weil die Alte auch noch mitten in der Pampa ausgestiegen ist, weiß ich nicht, wohin sie wollte. Ich hab's mit hergebracht, mal sehen, ob irgendeine Adresse drin ist, und dann kann ich sie ja anrufen oder so.«
Wundersamerweise richtet Gelu sich auf dem Sofa auf. Sie hat leuchtende Augen.
»Vielleicht ist ein Haufen Geld drin. Mach's auf, mach's auf.«
Es ist eine Tasche ohne Griff, ungefähr so groß wie ein DIN-A-4-Blatt, aus dunkelbraunem Leder und mit einem über drei Seiten gehenden Reißverschluß. Unten steht auf einer Seite in blauen Lettern: BBV, Ihre Bank.
Der Reißverschluß läßt sich leicht öffnen.
»Wenn Kohle drin ist, behalten wir sie und werfen die Tasche in einen Briefkasten. Obwohl, ich weiß nicht: Schön ist sie ja schon, die Tasche.«

»Mach dir mal keine Hoffnungen. Hier ist keine Kohle drin. Da siehst du's: Papiere, Aktendeckel, Quittungen, Rechnungen, Papiere und noch mal Papiere. Verdammte Scheiße.«

»Mensch, Eusebio, so ein Pech.«

»Und außerdem würde ich sie, wenn Schotter drin wäre, zurückgeben.«

»So was Blödes. Ich nicht.«

»Du rückst ja nicht mal was raus, wenn du kotzt.«

»Ich muß jeden Morgen brechen. Ich bin ja auch schwanger.«

»Das Thema wollen wir jetzt lieber nicht vertiefen, Gelu. Sieh mal, da ist ein Barscheck über zweieinhalb Millis und ein Haufen in bar. Ach du liebe Scheiße.«

»Ja, über die Schwangerschaft reden wir mal lieber nicht. Was kann's dich schon jucken, ob wir ein Kind kriegen oder nicht ...«

»Du wirst mir ja wohl kaum widersprechen, wenn ich meine, daß es ausgesprochen merkwürdig ist, daß du jetzt, wo wir schon vier Jahre verheiratet sind, auf einmal schwanger wirst. Wenn du willst, reden wir drüber. Und dann ist es auch noch gerade jetzt passiert, wo wir seit Gott weiß wie langem kaum mehr was miteinander haben. Du mußt zugeben, daß das zumindest komisch ist.«

»Schwanger bin ich geworden, als ich mir die Spirille habe rausnehmen lassen.«

»Die Spirale.«

»Egal. Jedenfalls hat der Arzt sie mir rausgenommen, weil er meinte, daß ich sie schon so lange drin habe und mal aussetzen sollte.«

»Der Kerl wird dir die Spirale rausgenommen und was anderes reingesteckt haben, so kommt's mir vor.«

»Ach, wie witzig. Dann laß dir mal gesagt sein, daß ich vorhabe abzutreiben.«

»Abtreiben ist eine ernste Sache. Das ist nicht wie zum Friseur gehen und sich 'ne Dauerwelle machen lassen.«

»Ein Kind kriegen ist auch was Ernstes. Und ich habe da drauf nicht die geringste Lust.«

»Kinderkriegen ist was ganz Natürliches. Meine Mutter hatte zwölf. Da hast du's.«

»Dann soll deine Mutter es doch kriegen. Die macht ja sowieso alles besser.«

»Zieh nicht so über meine Mutter her, sonst werde ich ungemütlich. Außerdem bin ich fix und fertig, und jetzt muß ich das Spiel in der Glotze sehen. Also hol mir mal gefälligst ein Stück Kuchen und halt die Klappe.«

»Hoffentlich bleibt dir der Kuchen im Hals stecken. Und hoffentlich verliert dein Athleti.«

# Álvaro.
# Die Macht des Fehltritts

Bevor er die Augen öffnete, wußte Álvaro schon, daß es regnete. Wie fast jeden Sonntag. Oder kam es ihm nur so vor? Er drehte leicht den Kopf und sah auf die Uhr auf dem Nachttischchen. Tatsächlich: Es war neun Uhr morgens. Selbst unter noch so schlechten Umständen, so wie an diesem Morgen, funktionierte Álvaros besondere Begabung, zu der Stunde aufzuwachen, die er sich vornahm. Es reichte, daß er nur kurz daran gedacht hatte, bevor er die Augen schloß, als er sich zum Schlafen hingelegt hatte, und er wachte unweigerlich zur gewünschten Stunde auf, mal eine Minute früher, mal eine später.

Selbst wenn er, wie es an diesem Morgen der Fall war, nur vier Stunden geschlafen hatte und sein Kopf fünfzig Tonnen schwer war, dank der zwei Liter Wein und der sechs oder sieben Whisky, die er am Abend vorher in sich hineingeschüttet hatte. In solchem Zustand aufstehen zu müssen konnte er nicht ausstehen. Noch dazu ausgerechnet an dem einzigen Tag der Woche, den er mit seinem Sohn Pablo verbringen durfte. Er hatte alles darangesetzt, samstags abends nicht mit Freunden auszugehen und sich die obligatorischen sechs oder sieben Stunden Schlaf zu gönnen. Aber immer wieder kam etwas Unvermeidliches dazwischen. Seine Freunde kriegten ihn doch immer rum, daß er mit ihnen etwas trinken oder essen ging, und außerdem hatte er einen Horror davor, schön ruhig zu Hause – falls man das Wohnklo, in dem er hauste, überhaupt als »Zuhause« bezeichnen konnte – allein vor dem Fernseher oder einem Buch zu sitzen, am Samstagabend. Oder an sonst einem Abend.

Und dabei war er so schön häuslich gewesen, als er noch verheiratet gewesen war und mit Ana zusammengelebt hatte. Zu Hause hatte er es gemütlich und anheimelnd gefunden, und nur höchst selten hatte er das Bedürfnis verspürt, irgendwo anders hinzugehen. Das Bett im Schlafzimmer war riesig und schön gepolstert gewesen, sein Arbeitszimmer hatte ihm alleine gehört, daneben ein kleiner Salon zum Fernsehen und Musik hören, und zwar auf einer fast professionellen Anlage, die ihm sein Freund Chema, ein Toningenieur, zusammengestellt hatte. Seine Videosammlung und sein Bücherschrank waren gut sortiert und ordentlich aufgeräumt, in seiner Hausbar standen die besten alkoholischen Markengetränke. Er erinnerte sich, wie er sich oft zum Lesen aufs Sofa gelegt hatte, und dann war er manchmal eingeschlafen, sanft gewiegt von einem leichten Duft nach Kräuterbraten und den fröhlichen, federleichten Stimmen von Ana und Pablo und dem leisen Klappern von Porzellantellern und Kristallgläsern. Nach wenigen Minuten würde Pablo hereingerannt kommen, würde sich auf ihn werfen und sagen: »Papa, Mama sagt, daß du zum Abendbrot kommen sollst.«

Diesen ganzen Frieden und diese ganze Harmonie von geradezu kosmischen Ausmaßen, die ihm so selbstverständlich und demzufolge ewig erschienen waren, hatte er selbst zum Teufel gejagt. Und jetzt erinnerte er sich daran wie an außergewöhnliche Erscheinungen, die für immer verschwunden waren. In den fürchterlichen Katerstunden am Morgen oder sonntags morgens konnte er nicht umhin zuzugeben, wie blöd er sich angestellt hatte, wie er sich alles verdorben hatte. Wenn er sich auch anderen gegenüber als Opfer hinstellte und die ganze Schuld auf Ana und ihre Familie schob, das erdrückende Schuldgefühl, das ihn in den ungeahntesten und zugleich ungelegensten Augenblicken beschlich, konnte er nicht loswerden. Und diese Augenblicke machten es ihm unerträglich, sich alleine zu Hause wohl zu fühlen. Es war, als ob dieses gemietete Loch, das übrigens sündhaft teuer war, ständig Zeuge seiner Dummheit, seiner Unfähigkeit, etwas richtig und mit Verstand zu machen, wäre.

Er stellte sich unter die Dusche, die das heiße Wasser brutal und unerbittlich verströmte. Daß er sich dazu entschlossen hatte, dieses Appartement zu mieten, lag nicht etwa daran, daß es ihm gefallen hätte oder billiger gewesen wäre als andere, die er sich angeschaut hatte, sondern weil es neben der Badewanne eine separate Dusche mit einem beeindruckenden Brausekopf und einer leistungsfähigen Mischbatterie gab. Man konnte einstellen, wie das Wasser herauskommen sollte: pulsierend, als sanfter Regen, als Platzregen oder so, wie er es am liebsten hatte, als würden Millionen Nadeln mit übernatürlicher Kraft auf ihn niederprasseln. Das war wie eine Bestrafung, aber es tat ihm gut, entspannte ihn und brachte auf unerklärliche Weise sein Gehirn in Gang.

Allerdings in die falsche Richtung. Unter dem Nadelregen packte ihn immer eine unbändige Reue darüber, daß er so ungeschickt gewesen war, seine eheliche Stabilität – beziehungsweise seine Instabilität – aufs Spiel zu setzen. Und das für eine Frau, die ihm anfangs verständnisvoll und anders vorgekommen war und sich dann als genauso egoistisch und berechnend wie alle entpuppt hatte.

Immer wieder fiel ihm ganz genau ein, wie er Carmen zum erstenmal begegnet war. Es war bei einem Umtrunk mit spanischem Wein gewesen, den sein Freund Gonzalo zur Einweihung seines neuen Geschäfts gegeben hatte. Das Lächeln und die Mähne, beide von hypnotischem Glanz, blendeten ihn. Es war Sommer und unerträglich heiß, aber Carmens Anblick, wie sie da ganz in Weiß stand, flößte ihm sofort ein Gefühl der Kühle ein. Es war kein Amorpfeil, keine Liebe auf den ersten Blick. Es war eine mysteriöse Anziehung, wie er sie in ihrer Endgültigkeit noch nie gespürt hatte. Schöne Frauen hatten ihn schon immer angezogen, aber noch nie hatte er die Distanz oder die Objektivität dabei verloren. Carmen kam ihm merkwürdig vertraut vor. Und das Überraschendste von allem war, daß es ihr ganz ähnlich ging, denn sofort konnte er ein Gespräch mit ihr beginnen und sich für den nächsten Tag verabreden. Das geschah ganz einfach, wie selbstverständlich, als ob beide es vorgehabt hätten.

Er erinnerte sich auch an das erste Mal – zwei Tage später –, als sie bei Carmen zu Hause zusammen schliefen. Ihr Körper war von einer Schönheit und einer Vollendung, wie er sie noch nie gesehen zu haben glaubte. Danach fragte Carmen ihn: »Du bist verheiratet, nicht wahr?« Es war nicht einmal eine richtige Frage, aber es verwirrte ihn und schüchterte ihn ein. Denn Carmen hatte von Anfang an nur allzu deutlich keinen Zweifel daran gelassen, daß sie ledig war und daß sie, obwohl schon Ende Dreißig, alleine lebte, aber sie hatte keinerlei Fragen gestellt, und Álvaro als guter Anwalt pflegte keine Auskunft, die gegen ihn verwendet werden könnte, gratis preiszugeben.

Und genau da nahm die Kette von Fehlern ihren Anfang. Denn anstatt »Ja, wie alle« zu antworten oder »Klar, was soll man da machen?«, sagte er: »Ja, aber nicht mehr lange.«

Sie, Carmen, setzte sich im Bett auf, zündete zwei Zigaretten an und gab ihm eine: »Soll das heißen, daß du in Scheidung lebst?«

Und Álvaro nahm, obwohl er eigentlich nicht rauchte, die Zigarette und tat einen kräftigen Zug daran, und das Nikotin stieg ihm direkt ins Gehirn, benebelte ihn, und er sagte: »Genau.«

Und sie sagte: »Armer Kerl. Offensichtlich macht man furchtbar was durch bei Scheidungen, erst recht, wenn es da auch Kinder gibt. Hast du Kinder?«

Endlich eine direkte Frage, auf die er leicht antworten konnte.

»Ja, einen Sohn, er heißt Pablo und ist neun Jahre alt.«

Und mit einemmal fühlte Álvaro sich mit sich selbst versöhnt, ganz beruhigt, weil er wenigstens eine vollständige Wahrheit ausgesprochen hatte. Also schliefen sie noch einmal miteinander. Und er dachte nicht mehr an die Sache.

Carmen dagegen schon. Jedesmal, wenn sie sich trafen, was nach und nach immer öfter geschah, fragte Carmen ihn, wie es um seine Scheidung stand. Und er sagte, gut, nimmt ihren Lauf, als ob es sich um einen Mitesser handelte oder um chronisches Rheuma, und versuchte, das Gesprächsthema zu wechseln. Er hatte das Gefühl, wenn er Carmen die Wahrheit erzählen würde, nämlich, daß er nicht im geringsten beabsichtigte, sich scheiden zu lassen, ja, nicht einmal von zu Hause auszuziehen, dann würde Carmen sich in Luft auflösen, verschwinden, und der bloße Gedanke daran machte ihn krank. Er war nicht etwa in sie verliebt. Nein, er konnte es sich nicht vorstellen, morgens aufzustehen und nicht daran zu denken, daß er sie zum Mittagessen sehen würde oder daß sie den Nachmittag zusammen verbringen würden. Auch sie hatte Verpflichtungen und Beschäftigungen, aber sie richteten es immer so ein, daß sie sich für ein Weilchen sehen konnten. Sie riefen sich täglich an und besprachen Dinge von ihrer Arbeit oder Dinge, die geschehen waren und in der Zeitung standen oder in den Fernsehnachrichten vorkamen. Noch nie hatte Álvaro eine derart komplizenhafte Beziehung mit einer Frau gehabt, mit der er außerdem auch noch schlief. In Romanen hatte er gelesen, daß solche Beziehungen manchmal zwischen Männern und Frauen entstehen, aber ihm war das noch nie passiert.

Und genau dieser Eindruck, daß Carmen und er außerdem Freunde und Komplizen im Leben waren, genau der hatte ihn ins Verderben gestürzt. Denn nach zwei oder drei Monaten, in denen sie sich ständig getroffen hatten, begann Álvaro nach und nach, unvorsichtig zu werden. Sie verabredeten sich zum Mittagessen, zum Abendessen oder auf ein Glas, und zwar wo immer es ihnen paßte, nämlich in Lokalen im Zentrum, wo »alle Welt hinging«. Eines Nachmittags begegneten sie Gonzalo und seiner Frau in einem Pub, und Álvaro stellte ihnen Carmen als Arbeitskollegin vor, ohne sich was dabei zu denken. Ein andermal trafen sie beim Essen in einem italienischen Lokal Teresa, Anas große Schwester, und Inés, eine Freundin der beiden. Álvaro stellte Carmen als Chefin von »Consultoras Asociadas« vor, was auch stimmte, lud die beiden sogar zu einem Kaffee und einem Glas Cognac ein und war ganz und gar nett, entspannt und kein bißchen verkrampft. Was war schon dabei, wenn seine Schwägerin ihn beim Essen mit einer Geschäftsfreundin überraschte, sah man einmal davon ab, daß diese Geschäftsfreundin während des ganzen Essens seine Hand hielt und ihm Küßchen auf die Wange hauchte. Und die beiden hatten das bestimmt gesehen und würden es nachher gleich Ana erzählen.

Von da an beschloß Álvaro, dem Schicksal seinen Lauf zu lassen. Und zum erstenmal in zehn Jahren Ehe ging ihm der Gedanke durch den Kopf, daß sie sich trennen und scheiden lassen könnten. Er würde sein Verhältnis mit Carmen nicht abstreiten, wenn Ana von ihm Erklärungen verlangte oder ihm etwas vorwarf. Also lag der Ball plötzlich in ihrem Spielfeld.

Aber die Tage vergingen, und Ana machte keinerlei Anzeichen von Unruhe, noch schien sie über irgend etwas Bescheid zu wissen. Álvaro täuschte schließlich sogar eine Reise übers Wochenende vor, und Ana zeigte Verständnis und zuckte mit keiner Wimper. Und er fing an, sich in seiner Haut unwohl zu fühlen, zum erstenmal in seinem Leben. Álvaro hatte schon Geliebte gehabt, klar, aber sie waren genau das gewesen: Geliebte. Sexuelle Abenteuer, die nicht länger hielten als ein Eis in der Sonne. Aber noch nie hatte er eine Beziehung gehabt, wie er sie jetzt mit Carmen hatte: so eng und so unausweichlich, so klar definiert, als ob sie sich schon ihr ganzes Leben lang kennen würden und für das ganze Leben.

So kam es, daß er nicht vorbereitet war auf das, was eines Nachts im Dezember, wenige Tage vor Weihnachten, geschah. Er kam, wie so oft, um halb drei morgens nach Hause, und zwar von einem angeblichen Geschäftsessen. Er öffnete die gepanzerte Wohnungstür. Im Flur standen zwei große Koffer, dicht beieinander. Im Wohnzimmer brannte das Licht, und auch das war nicht normal, erst recht nicht beruhigend.

Ana saß vollständig angezogen auf dem Sofa beim Kamin, vor sich ein Glas Wein und ein Buch in der Hand. Ganz leise war eine Platte mit einem Klavierkonzert zu hören.

»Was ist denn los? Verreist du?« fragte Álvaro.

Anas Gesicht strahlte Entschlossenheit aus, genauso wie wenn sie mitteilt, daß sie den Kinderarzt gewechselt hat oder irgend etwas im Haus umbauen lassen will.

»Nein, ich nicht. Du gehst, Álvaro.«

Álvaro hatte seine Tasche am Sofa abgestellt und war dabei, Mantel und Jackett auszuziehen.

»Ach, ihr habt ja endlich den Baum aufgestellt«, sagte er, ohne sich richtig bewußt zu sein, was er sagte. Instinktiv wußte er, daß er Zeit gewinnen mußte. Er löste langsam den Krawattenknoten.

Vor dem Kamin stand die Tanne und trug stoisch einen Haufen glänzender Kugeln, Ketten und bunter Lämpchen.

»Laß doch den verdammten Baum in Ruhe, und zieh gefälligst die Krawatte nicht aus. Die Jacke auch nicht, weil du nämlich gehst.«

Ana hatte das Buch aufgeschlagen und mit dem Umschlag nach oben auf das Sofa gelegt – es war ein Roman von Antonio Gala. Carmen würde nichts von Antonio Gala lesen. Bei ihr zu Hause standen nur betriebswirtschaftliche Fachbücher und vielleicht mal der eine oder andere Roman von Terenci Moix.

»Komm, Ana, was soll der Quatsch? Ich bin todmüde und will ins Bett.«

»Nichts hindert dich daran, ins Bett zu gehen. Aber auf keinen Fall wirst du in mein Bett gehen. In den Koffern dort sind deine ganzen Klamotten, auch Schlafanzüge, das Rasierzeug und die sonstigen Toilettensachen.«

»Sag mal, Ana, was ist eigentlich los mit dir? Um diese Zeit kann man doch nicht so ein Theater machen.«

»Das ist kein Theater. Jedenfalls nichts im Vergleich zu dem, was du machst. Deins ist nämlich ein Boulevardstück von der übelsten Sorte.«

Ana war nicht nur aufgestanden, sondern hatte auch noch Álvaros Tasche, Jacke und Mantel genommen und schlug entschlossen den Weg in den Flur ein.

»Ana, hör auf. Was machst du denn da? Erklär mir das bitte. Wir können doch miteinander reden, oder?«

Das konnte doch nicht wahr sein, was da geschah, dachte Álvaro. Er kam sich vor, als wäre er in einen zweitklassigen Film versetzt worden, wie sie im Fernsehen laufen. Er lief hinter Ana her, weil er sich Sorgen um seine Tasche machte.

Ana warf alles, was sie in den Händen und über den Armen trug, auf die beiden Koffer. Die Jacke fiel auf den Boden, zerknäult wie ein Putzlappen, und in dem Augenblick wurde Álvaro bewußt, wie ernst das war, was da geschah: Seine Frau schmiß ihn gerade raus.

»Das kannst du doch nicht machen. Das ist meine Wohnung, und ich gehe nirgendwo hin.«

»Und ob. Und ob ich das tun kann, und ob du gehst, in ein Hotel, zu deiner Schnalle nach Hause oder wohin dich deine Eier führen, aber auf jeden Fall gehst du. Und: Nein, das ist nicht mehr deine Wohnung, und ich hoffe, dich hier in meinem verdammten Leben nicht mehr zu sehen.«

Ana öffnete die Wohnungstür und zerrte die Koffer hinaus.

»Bleib stehen Ana, beruhige dich doch, und wir reden drüber.«

»Ich rede doch nicht mit so einem schamlosen Verräter, wie du einer bist.«

Ana hatte auf den Knopf an der Aufzugstür gedrückt, aber die ging sofort auf, weil ihn niemand benutzt hatte, seit Álvaro vor knapp fünfzehn Minuten angekommen war. Sie warf Jacke, Mantel und Tasche hinein und fing an, einen der beiden großen Koffer hineinzuschieben.

Álvaro schoß der Gedanke durch den Kopf, daß Ana eine scheinbar zerbrechliche, unentschlossene Frau war, aber energisch und stark wurde, wenn etwas in ihrem Inneren sie trieb. Und stur und unzugänglich. Dies war einer dieser Augenblicke. Álvaro hob sein zweihunderttausend Peseten teures Kaschmirjackett vom Boden auf und trat zur Seite, damit Ana den zweiten Koffer in den Aufzug stellen konnte. Einen Augenblick lang beschlich ihn die Lust, seine Hände um Anas Hals zu legen und zuzudrücken, zuzudrücken, bis ihre Augen aus den Höhlen träten. Das war das einzige, was ihm einfiel.

»So kann das nicht bleiben, Ana. Und Pablo? Hast du überhaupt an Pablo gedacht? Er ist doch auch mein Sohn.«

»Klar habe ich an Pablo gedacht. Viel mehr als du, du Scheißkerl. Geh zum Teufel. Adiós, auf Nimmerwiedersehen.«

Der Aufzug setzte sich in Bewegung, sieben Stockwerke tief, mit Álvaro und den Koffern darin. Alles war sehr schnell und sehr überraschend abgelaufen. Ein paar Sekunden lang fühlte er sich verletzt, gedemütigt. Genauso wie wenn dein ärgster Feind, den du verachtest, dich lächerlich macht und dich beim Tennis oder beim Kartenspielen besiegt. Aber schon kurz darauf, auf der Höhe des dritten Stockwerks, spürte er eine große Erleichterung, fühlte sich ganz leicht und wohlig, als hätte man ihm gerade einen Gips vom Bein abgenommen, der ihn drückte und beim Gehen behinderte.

Als er im Erdgeschoß ankam, lächelte er sogar, weil er dachte, daß er jetzt frei wäre und Ana oben weinend und einsam säße. Er fühlte sich nicht einsam. Er hatte ja Carmen.

Er fuhr in ein Fünf-Sterne-Hotel, bestellte Champagner, prostete sich selbst im Spiegel zu und schlief wie ein Baby. Am nächsten Tag, es war ein Freitag, begab er sich in der Nähe seines Büros auf Wohnungssuche. Und am Nachmittag hatte er schon das Appartement gemietet, das mit der Atomdusche. Er machte Pläne für das Wochenende, das er mit Carmen verbringen würde, das ganze, ohne auf die Uhr schauen zu müssen. Aber wie das so ist, mußte Carmen ausgerechnet an diesem Wochenende nach Granada zu ihren Verwandten fahren. Álvaro wollte unbedingt mit ihr fahren, sie könnten ja mit dem Auto fahren, in aller Ruhe, und ein wenig verschnaufen. Aber Carmen hatte nichts dafür übrig, weder für die Autofahrt noch dafür, ihn ihrer Familie vorzustellen.

Also verbrachte er das Wochenende alleine, richtete sich in seiner Wohnung häuslich ein. Das war gar nicht so einfach. Denn schon am Samstag nachmittag, als er gerade die beiden großen Koffer ausgepackt hatte, hatte er es bereut, so eine kleine Wohnung gemietet zu haben: Seine Wäsche paßte kaum in den winzigen Schrank im Schlafzimmer. Seine Anzüge sahen zum Fürchten aus, er hatte nicht genügend Kleiderbügel, aber er vertraute darauf, daß sie sich übereinander gehängt auf einem Bügel aushängen würden. Was nicht geschah. Am Montag mußte er also die Hälfte seiner Kleidung in die Reinigung bringen. Kleiderbügel kaufen, Lebensmittel, Besteck, Geschirr, Putzsachen und stärkere Glühbirnen, weil in der Wohnung nur Vierziger hingen.

Den Sonntag verbrachte er mit seinem Freund und Anwalt Gonzalo, der ihm kräftig den Kopf wusch, weil er sich von zu Hause hatte rausschmeißen lassen, und auch noch nachts und heimtückisch. Er nannte ihn alles Mögliche, von Pantoffelheld bis Trottel, rauf und runter. Also erzählte ihm Carlos das mit Carmen, wie ernsthaft ihre Beziehung sei, und daß er, Álvaro, am Ende überzeugt war, daß Ana eigentlich ein Problem gelöst habe, dem er sich bis dahin nicht habe stellen können. Aber Gonzalo verstand anscheinend nicht, daß das, was ihm zugestoßen war, kein Drama war, sondern ein Glücksfall. Der blieb dabei, daß die Situation durchaus dramatisch sei, und wollte über die Schritte reden, die jetzt zu unternehmen seien, die juristischen wie die finanziellen. Álvaro war überrascht, als Gonzalo mit ernster Miene zu ihm sagte:

»Ich an deiner Stelle würde das mit Ana ins reine bringen. Ich würde sie um Verzeihung bitten und versuchen, egal wie, wieder zu Hause einzuziehen. Auch wenn du dich später von ihr trennst, aber unter anderen Umständen. Was du da gerade tust und was dir so großen Spaß macht, wirst du dein ganzes Leben lang bereuen. Glaube mir. Ich kriege jeden Tag Trennungen mit, weil das mein Beruf ist. Und dein Fall gehört zu den furchtbarsten.«

Carmen kam am Montag nicht aus Granada zurück. Sie blieb die ganze Woche über dort – am Donnerstag war Heiligabend. Álvaro hatte Verständnis dafür. Schließlich war sie dort geboren, und es ging um ihre Verwandtschaft. Was ihn aber wie ein Schlag in die Magengrube traf, war, daß sie am Dienstag zum Skifahren in die Sierra Nevada fuhr, und zwar mit ihren Brüdern und Schwägerinnen. Álvaro traute sich nicht, Carmen von seinem neuen ungebundenen Single-Status zu erzählen, erst recht nicht übers Handy, wo es doch so viele Störungen und Verbindungsunterbrechungen gab. Außerdem war Carmen ja wohl davon überzeugt, oder zumindest tat sie so, daß Álvaro praktisch in Trennung lebte, und hatte in letzter Zeit gar nicht mehr davon gesprochen.

Zum erstenmal in seinem ganzen Leben wußte Álvaro nicht, was er tun sollte. Sein Körper forderte ihn auf, zu Hause aufzutauchen, mit einem Jagdgewehr in der Hand, und sechs Schüsse aus kurzer Distanz auf Ana abzufeuern. Das hatte er schon mehr als einmal mit Hirschen gemacht, die nicht mehr weglaufen konnten, und dabei hatte er die nicht einmal so gehaßt, wie er Ana haßte. Aber das Gewehr stand ja ausgerechnet zu Hause, in seinem ehemaligen Zuhause. Als Álvaro nämlich zwei Tage nach dem Zwischenfall mit den Koffern versucht hatte, mit seinem Schlüssel hineinzukommen, hatte sein Schlüssel nicht mehr gepaßt. Das Miststück von Ana hatte das Schloß auswechseln lassen.

Das machte ihn ganz krank, und sein Gefühl der Befreiung war wie weggeblasen. Nicht nur das machte ihn krank. Es war auch die Tatsache, daß er kaum mit Carmen in Verbindung treten konnte. Ihr Handy war fast immer in einem Funkloch oder ausgeschaltet. Er hinterließ Nachrichten auf der verdammten Mailbox, aber sie rief nicht zurück. Als es ihm endlich gelang, mit ihr zu sprechen, kam sie ihm weit weg und kühl vor, nicht gerade zärtlich, als würde sie das Gespräch gerne möglichst schnell beenden.

Die Feiertage verbrachte er mit Gonzalo, von morgens bis abends besoffen. Ana rief ihn am ersten Feiertag morgens an, um ihm mitzuteilen, daß er nach El Escorial fahren könne, wenn er Pablo ein Geschenk bringen wolle – womöglich dachte das Miststück auch noch, er würde ihr auch irgend etwas schenken ... Aber in seinem permanenten Katerzustand dachte Álvaro, daß er, wenn er in ihre Nähe käme, sie und ihre Eltern eigenhändig umbringen würde. Also telefonierte er nur mit Pablo, angeblich aus Tokio. Und sie machten aus, daß sie sich zu Dreikönige sehen würden, wenn Álvaro aus Japan zurückkäme, natürlich voll bepackt mit Geschenken.

Carmen kam am 2. Januar aus Granada zurück und trug einen Arm in der Schlinge. Sie war überaus mies gelaunt. Während des ganzen Abendessens schimpfte sie herum und ließ kein gutes Haar an nichts und niemandem. Als Álvaro versuchte, ihr in allen Einzelheiten die Geschichte mit den Koffern zu erzählen, sagte Carmen etwas, das ihn zur Salzsäule erstarren ließ:

»Um die Wahrheit zu sagen: Ich hätte das genauso gemacht. Du hast es nicht anders verdient. Du gehörst zu der Sorte von Männern, die glauben, daß wir Frauen blöd sind und nichts mitbekommen.«

Da haben wir's, dachte Álvaro: Meine Geliebte hat sich mit meiner Frau verschworen. Sieh mal einer an. Die sind nicht nur alle gleich, nein, alle sind echte Miststücke, mit Vorsicht zu genießen, die haben sogar ein Miststück-Diplom. Solange sie noch beim Abendessen, das ihm übrigens bleischwer im Magen lag, zusammensaßen, machte er den Mund nicht mehr auf. Auf einmal war Carmen nicht mehr Carmen. Ihm fiel auf, daß ihre Nase zu lang, ihr Mund schief war und daß sie sich ständig ohne erkennbaren Grund durch ihre Mähne fuhr. Und ihre Stimme war viel zu schrill, der Fingernagel am einen Zeigefinger war verbogen und sah aus wie eine Papageienkralle, da konnte sie ihn noch so grell rot anmalen.

Während er da so unter dem Regenschirm darauf wartete, daß Pablo aus der Haustür kam, ging es ihm zum millionsten Mal durch den Kopf, wie sehr er alles verbockt hatte, wie blöd er gewesen war.

Lange Fäden aus geschmolzenem Käse hingen von Pablos Mund herunter. Der biß an einem Stück Pizza herum und kam nicht durch. Álvaro betrachtete seinen Sohn und schnitt dabei seine Portion mit Messer und Gabel. Auch Pablo sagte nichts, aus nur allzu verständlichen Gründen. Seine großen dunklen, mandelförmigen, ausdrucksstarken Augen – die hatte er von seiner Mutter – sahen ihn irgendwie verschüchtert an, als wollten sie ihn um Verzeihung bitten. Pablo versuchte die Käsefäden, die ihm an den Lippen hingen, mit der linken Hand abzureißen. Álvaro mußte lächeln, weil Pablo es wirklich schwer hatte.

»Wenn du kleinere Stücke abbeißt, geht's, glaube ich, besser.«

Jetzt hatten sich die Käsefäden um die Finger der Hand gewickelt. Und der arme Pablo schüttelte sie und wischte sie am Tellerrand ab, dabei kaute er auf beiden Backen und versuchte, den klebrigen Käse wegzubekommen. Als er seinen Vater lächeln sah, faßte auch er Mut, lächelte und fing an zu sprechen.

»Mama läßt mich keine Pizza essen, weil sie meint, daß ich mich dann immer einsaue und daß es sowieso Schweinefraß ist«, sagte er, so gut es mit vollem Mund ging.

»Macht doch nichts. Danach wäscht man sich, und fertig ist der Lack.«

Als ob sein Vater den Witz des Jahres erzählt hätte, prustete Pablo los, den Mund weit aufgerissen, so daß man die restlichen, noch unzerkauten Pizzastücke sehen konnte.

»Freust du dich?« fragte Álvaro und lächelte auch.

Pablo nickte heftig und hieb die Zähne erneut in seine Pizzaportion.

»Schön, das finde ich sehr gut. Was möchtest du nachher mit mir machen? Sollen wir ins Kino gehen oder in den Zoo?«

Während Pablo wieder mit dem geschmolzenen Käse kämpfte, sah Álvaro unauffällig zu der Frau hin, die sich gerade mit einem Mädchen, das ungefähr so alt war wie Pablo, an den Nachbartisch gesetzt hatte. Sie war blond, trug ihr langes Haar als Pferdeschwanz, und ihre Augen waren groß und blau und traurig und schienen nicht zu sehen, was sie betrachteten. Álvaro war immer ganz überrascht von hellen Augen, vor allem von denen von Frauen. Er hatte den Eindruck, daß Frauen mit blauen Augen nicht gut sahen und auch nicht gut zum Ausdruck brachten, was sie fühlten. Es fiel ihm sehr schwer, sie zu deuten.

Bei dieser Frau war das ganz anders. Sie war noch jung, vielleicht Ende Dreißig, aber an ihrem Hals machten sich schon Falten bemerkbar, an den Händen sah man die eine oder andere Ader und Flecken hervortreten. Vielleicht hatte sie seinen Blick bemerkt. Jedenfalls sah ihn die Frau an, und Álvaro fühlte sich ertappt und lächerlich. Also senkte er den Blick zu Boden und tat so, als suchte er dort etwas. Nebenbei sah er, daß die Frau hohe Stiefel und einen langen vorne geschlitzten Rock trug, der ein Paar kräftige, runde Knie sehen ließ.

»Ich will lieber in den Zoo und ins Kino gehen.« Pablos vom Kauen gedämpfte Stimme holte ihn wieder in die Wirklichkeit zurück.

Na schön. Pablos Logik war immer wieder für eine Überraschung gut. Bei wem möchtest du lieber wohnen, bei Mama oder bei Papa? Bei beiden. Was soll ich dir zum Geburtstag schenken, ein Fahrrad oder Skier? Ein Fahrrad und ein Paar Ski. So ging das immer. Vielleicht hatte er diesen Drang, alles haben zu wollen, von seinem Vater geerbt: Was ist dir lieber, Álvaro, eine glückliche Ehefrau oder eine Geliebte? Eine glückliche Ehefrau und eine Geliebte. Alles haben zu wollen, das kann ja in Pablos Alter funktionieren, aber nicht in der realen Welt der Erwachsenen. Ana beispielsweise hatte die Wahl getroffen zwischen einem untreuen Ehemann und der Freiheit. Álvaro hatte nicht einmal die Wahl gehabt. Ana hatte ihn vor vollendete Tatsachen gestellt. Vielleicht fühlte Ana sich deswegen so stark und voller Zuversicht. Das sagten zumindest die Leute, die sie häufiger sahen. Er dagegen fühlte sich, vor allem heute, niedergeschlagen und deprimiert.

»Ich will noch mehr Pizza.«

»Dann wirst du aber Bauchweh kriegen.«

»Nein. Ich will noch eine, Papa!«

Pablo war laut geworden, und aus seinem Gesicht sprach die feste Entschlossenheit: Wenn ich nicht noch mehr Pizza kriege, dann fange ich an zu brüllen und zu heulen. Álvaro spürte, wie die Wut auf seinen Sohn ihm langsam den Rücken hinaufkroch, bis in den Kopf.

Zu anderen Zeiten, als sie noch alle zusammen wohnten, hätte Álvaro seiner Wut ungehemmt freien Lauf gelassen, und zwar immer mit derselben Ausrede: Dieses Kind kann auch nicht immer machen, was es gerade will. Irgendwer muß ihm ja seine Grenzen aufzeigen und ihm beibringen, daß nicht alles nach seinem Kopf gehen kann.

Damals war das leicht gewesen. Ein Vater ist ein Vater. Ein Vater hat Macht, und von ihm geht Autorität aus, ganz selbstverständlich. Geheule, Tränen, Flehen des Untertans – also des Kindes, das immer bei der Mutter Schutz sucht – prallen ab an der Autorität und der Macht des Herrschervaters.

Jetzt war seine Macht aber verflogen, oder das Blatt hatte sich gewendet. Der kleinste Ausdruck von Entschlossenheit und festem Willen seitens Pablos war für seinen Vater ein Befehl, den er sofort ausführte. Alles, nur das Kind nicht zum Weinen bringen oder es verärgern. Álvaro beschloß, daß er in seinem neuen Gewaltsam-von-seinem-Sohn-getrennten-Vater-Status Pablo nie mehr zum Weinen bringen würde. Und böse auf seinen Vater sollte er auch nie mehr sein. Pablo würde in Liebe zu seinem Vater und voller Haß auf seine Mutter aufwachsen. Da sie ja mit dem Kind alleine lebte, blieb Ana nichts anderes übrig, als die Rolle des unerbittlichen Diktators zu übernehmen, die man sonst so leicht dem Vater zuschanzt.

Seine Beziehung zu Pablo würde er wie eine Freundschaft unter Kollegen angehen, eine echte kumpelhafte Männerfreundschaft. Zum Teufel mit der Autorität und der Erziehung. Sollte sich doch Ana mit diesem repressiven Scheißkram abrackern.

Während Pablo sich über die Sardellen-Pizza – eine Atombombe für den Magen eines Neunjährigen – hermachte, schlürfte Álvaro seinen fünften Kaffee und beobachtete dabei die Frau mit den blauen Augen, die wie er seelenruhig zuschaute, wie ihre Tochter sich sechs Kugeln Eis mit heißer Schokoladensauce und Walnüssen einverleibte. Noch so eine, die in Trennung lebt und das Amt der autoritären Herrschermutter abgegeben hat, dachte Álvaro lächelnd. In dem Augenblick sah die Frau zufällig zu ihm herüber, aber als sie das Lächeln in Álvaros Gesicht sah, lächelte sie auch, und die Blicke der beiden klebten ein paar Sekunden lang regelrecht aneinander.

# Schrecken einjagen sollst du, dafür bist du ja da.

Heilige Maria, Mutter Gottes, liebe Herz-Jesu-Jungfrau, mach, daß ich nicht schwanger bin, liebe Jungfrau, bitte, du kannst doch alles richten und hast Erbarmen mit den Leidenden, weil du doch so gelitten hast, bitte, bitte, laß meine Tage nur spät dran sein. Wenn ich nämlich doch schwanger bin, dann rede ich nie mehr ein Wort mit dir und werde dir furchtbar böse sein.

Sie hörte eine Frauenstimme sie bei ihrem Namen rufen, aber es war nicht die Heilige Jungfrau, es war die Krankenschwester:

»María de los Ángeles Piedra!«

Sie stand zitternd auf und folgte den weißen Clogs über den Flur bis zur Sprechzimmertür.

»Setz dich, Kindchen. Frau Doktor kommt sofort«, sagte die Krankenschwester, während sie eine Patientenmappe auf den Tisch legte.

»Eine Frau Doktor? Ich wurde aber immer von Herrn Doktor Reyes behandelt.« Gelu spürte, wie ihre Stimme bebte und ihre Hände schwitzten. Gott, wie peinlich.

»Doktor Reyes ist jetzt in einer anderen Klinik, Kindchen. Aber Frau Doktor Rodríguez ist sehr gut und kümmert sich um alles, meine Liebe.«

»Aber die kennt mich doch überhaupt nicht. Doktor Reyes kannte mich doch, seit es mich gibt.«

Die Krankenschwester öffnete die Patientenmappe und warf einen Blick hinein.

»Aber du warst doch erst einmal da, Schätzchen. Seit es dich gibt, ist aber was anderes.«

Gelu spürte eine unerträgliche Hitze. Der Raum war so groß wie ein Fingerhut und müffelte nach Chloroform und desinfizierender Chlorbleiche.

Ein kleines Frauenpersönchen, dunkelhaarig und blutjung, erschien durch die Tür, die in das Untersuchungszimmer führte, dorthin, wo frau sich hinlegen und die Beine spreizen mußte. Als sie neulich hier gewesen war, war Gelu der Untersuchungsstuhl erspart geblieben, weil der Doktor nur Laboruntersuchungen von ihr wollte. Aber diesmal würde sie dran glauben müssen, und dann behauptete da auch noch eine Frau, daß sie Ärztin sei. Gott, wie peinlich. Aber Frau Doktor Rodríguez setzte sich an den Tisch.

»Nach diesem Befund sind wir schwanger, in der achten Woche.« Frau Doktor hatte eine erstaunlich schrille Stimme.

»Ach, Sie erwarten auch ein Kind?«

Die Ärztin warf Gelu einen flüchtigen Blick zu, und sofort war klar, daß sie ins Fettnäpfchen getreten war.

»Haben wir die Laborbefunde mitgebracht?«

Gelu reichte ihr den Umschlag.

»Frau Doktor, ich wollte Ihnen sagen, daß ich mir überlege, ob ...«

»Was haben wir denn? Übelkeit, Brechreiz, Probleme mit dem Stuhlgang, geschwollene Beine?«

»Nein.«

»Haben wir vielleicht Blutungen?« Jetzt fixierte sie Frau Doktor zum ersten Mal, und von ihren dunklen Augen ging eine glasklare Botschaft aus: Wenn du nichts von alledem hast, was ich von dir hören will, dann weiß ich verdammt noch mal nicht, was du hier willst.

»Nee, Blutungen habe ich nicht gehabt. Aber Frau Doktor, ich ...«

»Aha. Wir sind wohl ein bißchen nervös und depressiv, hm?«

»Ich glaube nicht, obwohl ...«

»Schön. Dann werden wir mal noch ein paar Laboruntersuchungen machen. Mal sehen, ob da drin alles in Ordnung ist. Das ist der Trippel-Test. Mit dem sehen wir nach, ob der Fötus eine Schädigung oder sonst eine Anomalie aufweist.«

»Ich will abtreiben. Das wollte ich Ihnen sagen, Frau Doktor.«

»Wenn der Trippel-Test-Befund positiv ist, dann machen wir eine Amniozentese, und wenn die negativen Befunde sich bestätigen, dann wird eine Abtreibung tatsächlich das beste sein.«

»Ja, glauben Sie denn, daß ich ein behindertes Kind erwarte?«

Die Ärztin sah noch einmal in die Patientenmappe.

»In diesen Laborbefunden, die Doktor Reyes da veranlaßt hat, sehe ich Minimal- und Maximalwerte, na ja ... Die kann man so oder so deuten. Da wollen wir doch mal auf Nummer Sicher gehen, ja? Sieh mal, hier: Die Beta-HCG-Werte liegen im Grenzbereich.«

Frau Doktor deutete, über den Schreibtisch gebeugt, mit einem Kugelschreiber auf etwas, das auf dem Laborblatt stand. Eine Abhandlung über Ameisen in chinesischer Sprache hätte Gelu leichter verstanden. Das einzige, was sie sah, war, daß Frau Doktor sehr kurze, quadratische Fingernägel hatte.

»Wollen Sie damit sagen, daß möglicherweise mein Kind nicht normal sein wird?«

»In dem Fall könnte man einen Schwangerschaftsabbruch in Erwägung ziehen, natürlich völlig ohne Risiko ...«

Gelu verspürte mit einemmal, wie es ihr den Hals zuschnürte. In ihren Ohren fing es an zu rauschen. Ich habe ein schwachsinniges Kind, ein kleines Monster.

Als sie wieder zu sich gekommen war, stand sie auf der Straße und hielt sich das Pflaster, das man ihr nach der Blutentnahme für die neue Laboruntersuchung aufgeklebt hatte. Sie betrat ein Lokal und bestellte ein Glas Rotwein und einen Tortilla-Spieß. In der Tasche kramte sie nach ihrem Handy, um Eusebio über die Funkzentrale anzurufen, aber sie hatte es zu Hause vergessen. Was sie fand, war eine dunkle Brille, die sie sich aufsetzte. Sie würde jeden Augenblick in Tränen ausbrechen. Mein Kind ist behindert, und ich werde abtreiben müssen. Die Worte hämmerten unablässig und gleichmäßig in ihrem Kopf, und sie verspürte einen unendlichen Kummer, wie sie ihn bisher nicht gekannt hatte. Der kroch ihr von der Brust über den Rachen zur Nase und zu den Augen hoch.

Sie schneuzte sich in eine Mini-Papierserviette, mit dem Erfolg, daß sie die Hände voller Rotz hatte. In der Tasche hatte sie kein Tempo, aber sie trug ein Halstuch mit Pferden und Sporen um den Hals. Also schneuzte sie sich reichlich und gewissenhaft da hinein und wischte sich die Tränen ab, die ihr unter der Brille hervor bis fast ans Kinn kullerten.

Mein Gott, mein Gott, mein Gott ... Das ist doch nicht *mir* geschehen. Das ist ein Alptraum, und ich werde gleich aufwachen. Ich werde ein schwachsinniges Kind bekommen, und die Welt dreht sich immer noch.

»Wenn Sie wollen, mache ich Ihnen die Tortilla heiß«, hörte sie die Stimme des Kellners, als ob sie aus einer anderen Welt käme.

Sie war so mit sich selbst beschäftigt gewesen, daß sie weder Wein noch Tortilla angerührt hatte.

»Nein danke. Ich hab eigentlich gar nicht soviel Hunger.«

Sie sah den Kellner an: Es war ein junger Kerl, der lächelte und gerade erst aus einem kleinen Dorf in Extremadura gekommen zu sein schien.

»Aber Sie müssen doch kräftig essen. Jetzt, wo Sie für zwei essen müssen.«

»Woher weißt du denn, daß ich schwanger bin?« Gelu schlürfte einen Schluck Wein.

»Na ja, hier kommen doch nur Schwangere rein, Mütter von Schwangeren und Ehemänner von Schwangeren. Und Ärzte und Krankenschwestern, die aber nur mittags und am Nachmittag.«

Der Jüngling wischte genußvoll die Resopaltheke ab.

Gelu spürte, wie der Wein ihr Kraft gab und sie wieder zum Leben erweckte. Sie trank das Glas aus und sah sich um.

Zwei Männer unterhielten sich bei zwei Glas Bier und einer

Portion Boquerones, in Essig eingelegter Sardellen (Gott, wie mich das anekelt). Es konnte sich nur um Vater und Sohn handeln, denn sie hatten beide riesige, kerzengerade Nasen. Der Jüngere sah tatsächlich aus wie ein Erstlingsvater, der darauf wartete, daß sein Mädchen samt Mutter aus der Praxis kam. Am Ende der Theke vertilgte eine Frau mit einem enormen Kugelbauch eine Tasse heiße Schokolade mit Churros. Dabei unterhielt sie sich mit einer älteren Frau, die wahrscheinlich ihre Schwiegermutter oder ihre Mutter war.

»Essen Sie doch ein bißchen Tortilla, sonst steigt Ihnen der Wein noch zu Kopf, und dann wird's noch schlimmer.«

Gelu stach ein Stück Tortilla ab und steckte es sich in den Mund. Es war die schlechteste Tortilla, die sie in ihrem ganzen Leben gegessen hatte. Sie war fad, die Kartoffelstücke darin waren nicht gebraten, halb roh, und außen war das Ganze verbrannt und krustig. Sie schluckte den Bissen runter, so gut sie konnte, und griff eilig nach dem Brot. Das war noch übler: teigig und zäh. Sie schaute zur Tür und sah eine junge Tussi mit fortgeschrittenem Babybauch hereinkommen, die einen Kinderwagen schob. Darin saß ein pummeliges Kind, das an einer Rassel nuckelte und heftig strampelte.

Gelu spürte, wie ihr die Atemnot wieder die Kehle heraufkroch, ganz plötzlich, ohne Voranmeldung.

Mein Kind, mein armes schwachsinniges Kind. Ich werde es auf die Welt bringen, es ist meins, und ich werde es auf die Welt bringen, und ich werde es sehr liebhaben, und ich werde nicht abtreiben, auch wenn es schwachsinnig ist, und ich werde ganz arg für es sorgen, und ich werde es sehr liebhaben. Und wir werden ins Fernsehen kommen, und ich werde allen Leuten sagen, wie lieb ich mein schwachsinniges Kind habe.

Sie trat hinaus auf die Straße, wie im Traum, mit einem Gefühl, daß das alles nicht wirklich geschah. Auf der gegenüberliegenden Straßenseite sah sie ein Geschäft mit Umstandsmoden. Hier war sie bestimmt schon zwanzig Mal gewesen, oder mindestens zehn. Aber das Geschäft war ihr noch nie aufgefallen. Sie ging hinein und fing an, sich umzusehen. Ein Kleid war schlimmer als das andere, mit neckischen runden Halsausschnitten und lätzchenartigen Überwürfen, so richtig wie Kleinmädchenkleidchen. Eines sah aus wie ein Kartoffelsack mit einer riesigen Blume auf der Höhe des Nabels.

»Darf ich das mal anprobieren?«

»Das ist Ihnen vielleicht jetzt noch ein bißchen zu groß, aber Sie werden es ja nach und nach ausfüllen. Das gibt's auch in Marine und in Apfelgrün.«

In der Anprobekabine zog sie ihre Jeans, den Pullover und das T-Shirt aus, behielt aber die Söckchen an. Das Kleid war fürchterlich, in jeder Farbe. Sie sah sich im Spiegel an und sah sich als von einer humanitären Hilfsorganisation eingekleidete Mutter eines schwachsinnigen Kindes. Das Kleid ging ihr genau bis zum Bündchen ihrer Söckchen, in den unförmigen Raglanärmel verschwanden ihre Hände regelrecht. Und dann noch dieses Blütenungetüm in der Mitte.

»Es ist abscheulich. Das nehm ich.«

Die Verkäuferin betrachtete sie im Spiegel und machte dabei ein mitleidiges Gesicht.

»Ich habe noch andere Modelle da, die Ihnen vielleicht noch schlechter stehen.«

»Meinen Sie das im Ernst?«

»Sehen Sie es einfach als Imagewechsel.«

# Der Stachel muß raus aus dem Herzen.

Eusebio stieg hinauf in den dritten Stock und klingelte an einer Tür, auf der ein Metallschild mit der Aufschrift »C. A. S. L., Consultoras Asociadas« auf die gesuchte Beratungsfirma hinwies. In dem Augenblick, als er auf den Klingelknopf drückte, sah er ein zweites Schild, auf dem stand »Ohne Klingeln eintreten«. Er drückte an der Tür, aber die ging nicht auf, also klingelte er noch einmal. Nichts geschah. Er drückte erneut auf den Klingelknopf. Diesmal ging sie auf, und es erschien eine junge Frau mit sehr kurz und asymmetrisch geschnittenem Haar. Sie war etwas pummelig und trug einen Minirock und kniehohe Stiefel.

»Tach, ich möchte gern zu Doña América Rodero.«

»Sie müssen der Taxifahrer sein, der grad eben angerufen hat.«

»Genau. Hier steht übrigens, daß man ohne Klingeln eintreten soll.«

»Stimmt schon, aber vorige Woche hatten wir hier Ärger. Da war einer reingekommen und wollte hier wohnen. Na ja, und bis wir einen elektrischen Türöffner haben, muß ich hier die Pförtnerin spielen. Setzen Sie sich erst mal, América ist sofort für Sie da. Sie ist grad in einer Geschäftsleitungsbesprechung, aber es dauert nicht mehr lang.«

Das Mädchen, das beim Sprechen alle s-Laute so affektiert betonte, daß manchmal sogar x-Laute daraus wurden, setzte sich hinter seinen Schreibtisch, auf dem ein PC und ein Blumentopf mit einer Kaktee standen und haufenweise Papiere und Aktendeckel verstreut lagen. An der Wand hingen ein Kalender von einer Hundefuttermarke, ein Poster mit einem salutierenden Matrosen, unter dem »Die Marine ist dein Leben« stand, und ein weiteres Poster mit einem Mädchen in Höschen und BH, das für eine Wäschemarke warb. Die junge Frau tippte etwas in den PC. Da ertönte die Sprechanlage.

»Ja, was ist?«

»Noelia, du wolltest uns doch Kaffee bringen. Kriegen wir den noch in diesem Jahr oder erst im nächsten?«

Eusebio erkannte die Stimme der Managerin mit dem Halstuch und dem Parfum.

»Oh, entschuldige. Das hatte ich ganz vergessen. Ach ja, der Taxifahrer ist da.«

»Führ ihn in mein Büro und bring uns, verdammt noch mal, den Kaffee.«

»In Ordnung.«

Das Mädchen stand auf und ging zu einem Tischchen, auf dem ein Tablett mit einer Kaffeekanne und Tassen stand.

»Na, die Chefin hat aber eine Laune«, sagte Eusebio.

»Die andere ist noch schlimmer. América hat wenigstens Manieren. Aber die andere kann ich nicht riechen. Meine ganzen Freundinnen arbeiten in Büros mit Chefs, bloß ich hab' die Arschkarte gezogen, daß ich unter Chefinnen arbeiten muß, und auch noch gleich zwei. Das ist wirklich Pech, wissen Sie? Also, kommen Sie mit!«

»Heißt du wirklich Noelia?« fragte Eusebio und musterte die pummeligen Wölbungen, die vor ihm durch den Flur liefen.

»Meine Mutter war ganz verrückt auf das Lied von Nino Bravo. Die ganze Zeit, wo sie mit mir schwanger war, hat sie das andauernd gehört. Tja, und so ist das gekommen.«

»Na, das hat sie ja gut hingekriegt«, sagte Eusebio und hielt die Bürotür auf, damit Noelia mit dem Tablett durchgehen konnte. Das Mädchen duftete nach Zimt und hatte eine Pfirsichhaut. Er spürte, wie sich eine Erektion bei ihm einstellte, ganz plötzlich, mitten am Tag und unvermittelt.

»Setzen Sie sich hier hin, auf diesen Stuhl.«

»Hast du einen festen Freund?« Sogleich bereute Eusebio, daß er das gesagt hatte, aber wenn man eine Erektion hat, dann hat man sich nicht mehr im Griff, und es rutscht einem alles mögliche raus, ohne nachzudenken.

»Ich hatte einen, aber dem hab ich letzten Monat den Laufpaß gegeben, weil er gleichzeitig auch mit einer andern rumgemacht hat, und das mach ich nicht mit.«

Noelia klopfte an einer Tür an, die sich hinter einem großen Tisch befand. Auf dem stand auch ein PC, und er war übersät mit Aktendeckeln und Papieren. Eine tiefe Stimme war zu hören.

»Komm schon rein, verdammt!!«

Noelia warf Eusebio einen flüchtigen Blick zu und verschwand hinter der Tür.

Auf dem Tisch stand, neben dem PC, ein Aschenbecher voller Kippen und neben diesem eine kleine, etwa 50 cm hohe Statue, die einen sitzenden Knaben darstellte, der sich einen Dorn aus seinem einen Fuß zog, den er auf seinem anderen Knie aufliegen hatte. Er drehte sie etwas um, um sie besser betrachten zu können. Sie gefiel ihm. Der Knabe, denn zweifellos war es ein Junge, hielt den Kopf schräg geneigt, und es sah aus, als ob er atmete, als ob er lebendig wäre. Das war geradezu faszinierend. Noch nie hatte er so eine Statue gesehen. Er drehte sie noch einmal etwas weiter um. Im Schulter- und Halsbereich sah der Jüngling seinem Bruder Fermín sehr ähnlich, als sie beide noch klein gewesen und als Neun- und Elfjähriger mit der Zwille auf Vogeljagd gegangen waren.

Er war so versunken in die Statue, daß er nicht mitbekam, wie sich die Tür öffnete.

»Gefällt sie Ihnen? Die ist aus Griechenland, zweites Jahrhundert vor Christus.«

»Sieht aber aus, als wäre sie gestern erst gemacht worden. Echt gut.«

Mit América war eine Wolke von *Oh de Toalett Mon Bidet* in den Raum geschwebt. Eusebio hätte nicht sagen können, ob es von dem Parfum kam, von der Berührung der kleinen Statue oder von dem strahlenden Lächeln der Frau, jedenfalls verspürte er erneut, wie sich zwischen seinen Beinen etwas regte. Verdammte Scheiße, war das ein Vormittag. Also räusperte er sich und gab América das große Kuvert mit der Aktenmappe.

»Setzen Sie sich doch, bitte. Möchten Sie einen Kaffee oder irgend etwas?«

»Nein, nein, nein. Vielen Dank auch. Ich habe mein Taxi in zweiter Reihe abgestellt, und Sie sind sicher sehr beschäftigt.«

Die Alte sah wirklich verdammt gut aus. Sie hatte große, tiefe schwarze Augen, und wenn sie lächelte, war man verloren. Das brünette, schwere, glänzende Haar fiel ihr in einer dichten, glatten Mähne auf die Schultern. Die Mähne schien laut zu schreien: »Faß mich an!«

América riß das Kuvert auf und zog die Aktenmappe heraus. Sie setzte sich hinter den Tisch und öffnete sie.

»Es ist alles drin«, sagte Eusebio und steckte seine Hände in die Hosentaschen. Dabei dachte er an den Barscheck über zwei Millionen fünfhundertzweiunddreißigtausend Peseten von der Banco de Santander, unterschrieben von einem gewissen Francisco Velasco, und an das Bündel aus hundert Scheinchen, das in einem Kuvert von Banesto steckte, abgesehen von den Kreditkarten, den Unterlagen, Notizen, Quittungen, Rechnungen aus Restaurants und Geschäften, einer Nagelfeile und Fotos von zwei Kindern in Skikleidung.

América atmete tief durch und lächelte erneut. Dabei sah sie ihm in die Augen.

»Sie haben mir das Leben gerettet. Sie hätten mir ja auch die Tasche zurückgeben und das Geld und den Scheck behalten können. So hätte«, fast hätte sie »ich« gesagt, aber sie sagte »jeder andere das gemacht.«

Eusebio hielt Américas Blick stand, ohne mit der Wimper zu zucken, und lächelte nun seinerseits auch, obwohl er panische Angst davor hatte, daß er wieder so eine verdammte Erektion bekommen könnte. Aber América atmete durch alle Poren ihres rot gekleideten – roter Rock und roter Pullover mit V-Ausschnitt – Körpers Sex ein und aus.

»Geld allein macht nicht glücklich«, sagte Eusebio.

»Ach. Wirklich nicht?« América nahm eine Zigarette aus einem anscheinend silbernen Kästchen, das sie auf dem Tisch stehen hatte. »Sie rauchen doch, wenn ich mich recht entsinne?«

»Im Taxi nicht, aber wenn es Ihnen nichts ausmacht, nehme ich gerne eine Zigarette von Ihnen an.«

»Na klar.« América lächelte wieder und drehte das Kästchen um, damit Eusebio eine Zigarette nehmen konnte. »Also rauchen Sie doch! Und dafür haben Sie mir neulich so die Hölle heiß gemacht? Ich glaube aber, ich habe mich auch ganz schön angestellt. Tut mir sehr leid, was da passiert ist. Ich bitte Sie um Verzeihung.«

»Ich bitte Sie. Wir haben alle mal 'nen schlechten Tag. So wie ich war, war das ja auch nicht gerade die feine Englische. Wie ich Sie dort so in der letzten Pampa habe stehenlassen, im strömenden Regen, da habe ich mich irgendwie nicht ganz wohl gefühlt in meiner Haut. Und nachdem ich Sie da ...«

»Wir können uns doch duzen, oder?«

»Klar, also ... danach bin ich dann zu einer Tankstelle gefahren, und wie ich so mein Diesel tanke, sehe ich die Mappe auf dem Rücksitz. Mensch, hätte ich noch einen Fahrgast gehabt, dann wär die Mappe weg, fürchte ich. Das ist mir schon das eine oder andere Mal passiert, daß jemand steif und fest behauptet, daß er was vergessen hat, und dann steigt ein anderer ein, sieht auf dem Sitz einen Umschlag liegen, oder sonst was, und behält's. Und ich krieg das nicht mal mit, weil ich von meinem Platz aus doch den Rücksitz nicht sehen kann, bloß den Kopf vom Fahrgast.«

Eusebio zog an der Zigarette und dachte: »Mein Gott, wie dieses Miststück mir gefällt. Augen hat die, das verdammte Hurenstück.« Er legte eine Hand auf den Rücken des dornausziehenden Jungen und versuchte mit der anderen an den Aschenbecher zu kommen. América beugte sich über den Tisch vor, um ihn ihm zuzuschieben, und ihre runden, festen Titten zeichneten sich unter dem Pullover ab. Erneut verspürte er eine Erektion, aber jetzt kam er nicht dagegen an. Es war wie damals, als er fünfzehn Jahre alt war, wenn er an dem Miedergeschäft neben seinem Elternhaus vorbeiging.

Er zog die Hand von der Statue zurück. Das wird doch nicht der Scheißknabe gewesen sein. Dann wäre er ja schwul geworden oder irgendwie komisch.

»Schön, ich muß dann langsam gehen.«

Er wagte es nicht mehr, América in die Augen zu schauen, sonst hätte er sie gleich dort gebumst. Er wollte sie aus den Augen verlieren und sich auf etwas anderes konzentrieren, auf Gelu zum Beispiel. Der bloße Gedanke an sie ließ augenblicklich jede Spur von sexueller Erregung verfliegen. Er stand auf und ging auf die Tür zu. América stand ebenfalls auf und kam um den Tisch herum.

»Warte.«

Sie nahm das Kuvert von Banesto und hielt es Eusebio hin.

»Kommt überhaupt nicht in Frage. Das kann ich nicht annehmen, auf keinen Fall.«

»Bitte. Ich bitte dich, sei so gut. Nimm es als Weihnachtsgeschenk.«

»Wir haben aber Juni. Nein, nein. Im Ernst: Ich will das nicht.«

América legte den Umschlag auf den Tisch.

»Am Donnerstag muß ich nach Toledo zu einer Veranstaltung. Und da will ich nicht selbst fahren. Könntest du mich nicht hinfahren und danach wieder herbringen?«

Eusebio sah sie an. Sie war nicht sehr groß, ging ihm ungefähr bis an die Nase. Sie hatte einen breiten, schön gezeichneten Mund. Nicht so ein Schmollmündchen, wie sie jetzt in Mode waren. Und außerdem waren ihre Lippen nicht angemalt. Er wollte ihr nicht auf die Titten schauen, also fixierte er ein Poster mit einer jungen Frau, die einem Baby die Brust gab und dabei auf eine Nuckelflasche schaute und auf ein Schild, auf dem stand: »Plack – adaptierte Milch. Nicht einmal die von deiner Mutter ist besser.« Das war noch schlimmer: Schon wieder wollte das Ding sich aufrichten.

»Am Donnerstag? Klar kann ich da. Um wieviel Uhr?«

»Um halb drei holst du mich hier ab, und wir fahren sofort los.«

»Einverstanden.«

Eusebio hatte ein Gefühl, als müßte er sterben. Er brauchte dringend einen starken Kaffee. Oder eine kalte Dusche.

»Wunderbar. Bis Donnerstag.«

An der Tür reichte América ihm die Hand, und er ergriff sie. Er versuchte, sie sofort wieder zurückzuziehen, weil die Wärme und das Fleischliche, die von ihr ausgingen, ihm unerträglich erschienen.

»Nochmals danke. Wirklich.«

»Adiós.«

Wie ein Schlafwandler ging er durch den Flur zum Empfang.

Jetzt, nachdem er bei der griechischen Göttin, bei der Königin vom Nil, gewesen war, kam ihm Noelia vor wie ein stinknormales Mädchen, bestenfalls Kreisklasse.

Völlig verzaubert stieg er in sein Taxi ein, fuhr an, ohne sich umzuschauen, und ein vorbeifahrendes Auto nahm seinen vorderen rechten Kotflügel mit.

# Penélope.
# Verhedderte Fäden

Tränenüberströmt kam Gelu im Geschäft an.

»Was hast du gemacht? Wo hast du denn gesteckt? Joaquín ist auf hundertachtzig.«

Penélope legte ein paar Handtücher zusammen und steckte sie wieder in eine feste Plastiktüte.

»Und noch was: Was machst du denn für ein Gesicht, Mensch?«

»Ich werde ein schwachsinniges Kind kriegen.«

»Wenn es von Eusebio ist, dann wundert mich das nicht, kein bißchen. Aber du wolltest doch eigentlich abtreiben, oder?«

Penélope hörte auf, Handtücher zusammenzulegen, und sah sie an. Eine ältere Señora wühlte in einem Korb mit Restposten, Kissenbezügen, kleinen Handtüchern und Spitzenresten, an dem ein Schild hing mit der Aufschrift »Alles zu 400«, von Gelu vor einer Woche eigenhändig geschrieben. Sie hatten noch kein einziges Stück aus dem Korb verkauft.

»Jetzt, wo ich weiß, daß mein Kind behindert ist, habe ich nicht mehr vor abzutreiben.«

Penélope sah sie mit einem stechenden Blick an.

»Andersrum wird ein Schuh draus, würde ich sagen. Wenn nämlich das Kind wirklich nicht normal ist, dann solltest du nicht lange nachdenken: Treib ab, Mensch.«

»Das verstehst du nicht. Gerade weil es behindert ist, muß ich es auf die Welt bringen.«

Gelu setzte sich auf einen Hocker, der vor der Kasse stand.

»Also, nein, ich versteh es wirklich nicht. Und wo hast du das abartige Kleid da her? Wenn ich ganz ehrlich sein soll, dann muß ich sagen, daß du mir ganz schön komisch vorkommst. Joaquín ist weggefahren. Er muß bei einer Kundin in Parla Maß nehmen und kommt den ganzen Vormittag nicht wieder. Aber er hat mir gesagt, daß du, wenn du kommst, die Lieferung, die gerade eingetroffen ist, auspreisen sollst. Die Schachteln da.«

»Sagen Sie: Hätten Sie nicht ein kleines Handtuch wie das hier, aber in Blau?« Die Hand der Alten zitterte heftig. Sie hielt ein weißes Handtuch, das schon so oft befummelt worden war, daß es schon ganz grau war.

»Ich glaube, nicht, Señora. Das da sind ja auch Restposten.«

»Ich suche aber ein blaues. Sonst kann ich nichts damit anfangen, wissen Sie?«

Gelu holte eine Schachtel aus dem Regal, stellte sie auf die Theke und machte sie auf. Das Ganze geschah ziemlich heftig.

»Schauen Sie, diese kleinen Handtücher sind blau, wie Sie sie wollen.«

»Genau, genau. Genau das wollte ich.«

»Nur«, sagte Gelu, »sind die hier nicht zu vierhundert. Die kosten achthundert.«

»Achthundert? Warum das?«

Es war genau zu sehen, wie nervös Gelu das Zittern der Hand der Alten machte, und die hielt immer noch das kleine grauweiße Handtuch fest.

»Dieses weiße ist im Sonderangebot und kostet vierhundert, und das hier ist nicht im Sonderangebot und kostet achthundert, Oma!«

»Nehmen Sie doch das weiße aus dem Sonderangebot mit und färben es blau«, sagte Penélope und versuchte damit, Gelu vor einem Wutausbruch gegen die arme Alte zu bewahren.

»Ach ja, Sie haben recht. Das kann ich ja daheim färben.«

»Das macht Ihnen doch nur Arbeit, und das Färbemittel kostet Sie mindestens auch noch mal vierhundert Peseten. Dann ist es doch billiger, Sie nehmen gleich das zu achthundert.«

»Das ist aber so teuer, das kann ich mir nicht leisten. Aber ich glaube, ich hab zu Hause noch etwas übrig von einer Farbe, als ich mal für eine von meinen Schwiegertöchtern einen Rock gefärbt habe. Das war aber, glaub ich, grün, nicht blau. Ich habe vier Schwiegertöchter von zwei Söhnen, weißt du? Die haben sich beide scheiden lassen und wieder geheiratet. Aber weil sie mit den ersten Kinder hatten, habe ich mit allen vier Kontakt. Zu meiner Zeit hatte man eine Schwiegertochter fürs ganze Leben. Jetzt ist das anders, jetzt kann's dir passieren, daß du zwei, drei oder vier Schwiegertöchter hast. Wie bei meiner Schwester Emilia, die hat von drei Söhnen fünf Schwiegertöchter. Und die machen ihr das Leben so schwer, daß sie irgendwann noch vor Ärger sterben wird.«

Die Alte war so auf Hochtouren, daß man sie gar nicht aufzuziehen brauchte: Die hätte weitergeredet, bis man ihr einen Knebel in den Mund gestopft hätte. Aber auf einmal hielt sie inne und streckte die zittrige Hand, in der sie immer noch das grauweiße kleine Handtuch hielt, zu Gelu hin.

»Hast du was in den Augen, Kindchen?«

Penélope sah Gelu an. Die war hochrot angelaufen und hatte immer noch die Sonnenbrille auf der Nase. Sie sah aus, als würde sie jeden Augenblick zerplatzen, wie ein Luftballon, wenn jemand ihm mit einer Stecknadel zu nahe kommt.

»Ich bekomme ein behindertes Kind.«

»Hören Sie nicht auf die. Das arme Ding hat heute nacht kaum geschlafen und gestern abend *Akte X* geguckt.«

»So was guck ich mir nicht an. Ich sehe immer nur diese Verkaufssendungen. Das ist das einzige, was ich verstehe, weißt du, Kindchen?«

»Also, wissen Sie, Oma. Jetzt werden wir mal was machen. Nehmen Sie das blaue Handtuch für vierhundert Peseten mit. Ich mache Ihnen halt einen Sonderpreis. Los, da fackeln wir doch nicht lange.«

»Ach, Kindchen. Wenn du mir fünfzig Prozent gibst, dann sind das nur noch zweihundert Peseten.«

»Ich gebe Ihnen Rabatt auf achthundert, und dann kostet das blaue genausoviel wie dieses häßliche weiße.«

»Nein. Wir hatten doch gesagt, daß ich das blaue nehme und es zu Hause grün färbe. Ich hab doch noch ein bißchen übrig von ...«

»Schon. Aber wenn Sie das blaue nehmen, das ist doch das, das Sie wollten, dann brauchen Sie das weiße doch nicht mehr grün zu färben. Gelu, geh mal eben ins Café und bring mir eine Pepsi mit Zitrone und viel Eis. Komm, sei so gut.«

Penélope riß wutschnaubend ein Stück Einwickelpapier von der Rolle ab, die an der Wand hing, und fing an, das blaue Handtuch einzupacken. Gelu stand wie gelähmt daneben.

»Wenn du nicht geschlafen hast, wird dir ein Orangensaft besser tun. Hier, Señora. Da haben Sie Ihr blaues Handtuch.«

»Was macht das dann, Kindchen? Wieviel hatten wir gesagt?«

»Geben Sie mir, was Sie wollen. Das stimmt dann schon.«

»Ich war noch nie hier in diesem Geschäft. Sieh mal einer an, wie nett ihr seid, Mädchen. Hier komm ich wieder her.«

Die Parkinsonhand fing an, in einem Portemonnaie aus dem Ersten Weltkrieg zu kramen. Sie brachte zwei Fünfundzwanzig-Peseten-Münzen zum Vorschein, und dann noch zwei Fünfer.

»Paßt so, Oma. Das paßt schon so. Keine Sorge. Da, nehmen Sie.«

Penélope machte der Alten förmlich das Portemonnaie zu und drückte ihr das Päckchen mit dem Handtuch in die Hand. Die trat auf unsicheren Beinen den Weg zur Tür an, und Penélope schoß vor, um sie ihr aufzuhalten.

»Also dann, auf Wiedersehen, Oma. Passen Sie schön auf, wenn Sie über die Straße gehen, gell?«

»Adiós, Kindchen. Und deiner Kollegin wünsche ich gute Besserung. Die ist ja noch sehr jung. Kommt ihr erst mal in mein Alter. Dann ist nicht schlafen können das Schlimmste.«

Penélope schob das alte Mütterchen sanft auf den Gehsteig. Die ging nach rechts und überquerte, in Selbstgespräche versunken, die Straße, ohne nach links oder rechts zu schauen. Penélope kam zurück ins Geschäft, schloß die Tür und hängte das »GESCHLOSSEN«-Schild an die Scheibe. Gelu hatte den Kopf auf die Theke gelegt und weinte. Penélope ging zur Kasse, öffnete sie, nahm zwei Hundert-Peseten-Münzen heraus, legte einen Tausenderschein hinein und machte sie wieder zu.

»Beruhig dich, Gelu. Sie hätte ja auch noch eine Rechnung verlangen können.«

# Inés.
# Das Leben ist Schlaflosigkeit.

Inés wollte schlafen, aber je mehr sie sich bemühte, desto wacher wurde sie. Die Gedanken brodelten in ihrem Kopf. Sie sah auf die Uhr, und natürlich war es Viertel nach zwei: Genau um diese Unheilstunde wachte sie Nacht für Nacht auf. Sie ging normalerweise um halb zwölf ins Bett, schlaftrunken und todmüde. So müde, daß sie nur eine Seite lesen konnte und dann tief und fest einschlief. Aber um Viertel nach zwei wachte sie auf, völlig klar im Kopf. Und dann fing sie unwillkürlich an zu denken, an alles, was sie am Vortag hätte gemacht haben sollen, an die Dinge, die noch anstanden, an ihr Leben im allgemeinen, in einer atemberaubenden Verkettung kamen ihr sogar Dinge ins Gedächtnis, die vor so langer Zeit geschehen waren, daß sie sie vergessen zu haben glaubte.

Sie wälzte sich herum und drückte sich das Kissen zurecht. Wenn sie in der Nacht zuvor und in der Nacht vor der Nacht zuvor nur vier Stunden lang geschlafen hatte, dann mußte in dieser Nacht doch der Schlaf kommen, weil er doch aufgestaut war. Oder eben einfach so, verdammte Scheiße! Aber kommen mußte er.

Es kam eben nur darauf an, an nichts zu denken. Ganz schön absurd, so eine Verneinung: an nichts denken. Natürlich: Wenn man an nichts denkt, dann denkt man eben nicht, aber wenn du an nichts denkst, dann denkst du eben doch. Und was ist nichts? Eine weiße Wand? Ein schwarzes Loch? Das schwarze Kostüm, ich habe vergessen, es aus der Reinigung abzuholen, und ich brauche es doch für das Essen bei Almudena. Wie mich diese Essen anöden; so was Förmliches, so hochgestochen, in diesem ach so durchgestylten Haus. Aber was bleibt mir anderes übrig? Sie haben sehr einflußreiche Freunde, und ich brauche Fälle, die Kohle abwerfen. Ich muß den Schriftsatz im Fall Rius machen, und wenn ich den gewinne, dann gibt's kein Halten mehr. Gott, ich glaube, gestern abend habe ich vergessen, Cris die Tablette gegen die Allergie zu geben, verdammte Sch...

Inés setzte sich abrupt im Bett auf und schaltete das Licht ein. Nichts mehr zu machen. Die Schuldgefühle nagten in ihrem Inneren wie ein haariges Viech mit lauter Beinchen, das in ihrem Magen steckte. Wie konnte sie auch nur vergessen, ihr das Antiallergikum zu geben, ihrer eigenen Tochter? Welche Scheiße war ihr da wieder durch den Kopf gegangen, als sie das Kind ins Bett brachte? Noch dazu, wo sie dem Kind doch noch ewig lange ein Schauermärchen von Andersen vorgelesen hatte, bis die Kleine endlich die Nase ins Kissen gesteckt hatte und wie ein Säugling eingeschlafen war.

Zehn vor drei. Inés ging in die Küche und machte ein bißchen Milch warm, um sich einen Kaffee zu machen, notfalls Pulverkaffee Nummer... Ach ja, Nummern. Seit Monaten habe ich keine Nummer mehr geschoben. Ich habe keinen einzigen Typen kennengelernt, mit dem ich bei passender Gelegenheit, im geeigneten Augenblick daran hätte denken können, eine Nummer zu schieben. Der eine da, am Sonntag in der Pizzeria im Drugstore. Der hatte einen Jungen bei sich gehabt, etwa in Cris' Alter, und hatte mir auf die Knie geschaut. Der war gar nicht übel. Der hatte Augen... Ich weiß nicht... Ich weiß nicht, warum ich an so einen Scheiß Schönling denke, den ich mein verdammtes Leben lang nicht mehr zu Gesicht bekommen werde. Wenn ich jetzt eine Tablette nehme, werde ich in ein paar Stunden einschlafen, aber um sieben bin ich dann der reinste Zombie, werde nicht mal mit einem Kran aus dem Bett hochkommen. Fernsehen, fernsehen ist die Lösung, und nebenbei kann ich mir dann auch noch die graue Hose nähen.

Auf dem Weg zwischen Küche und Wohnzimmer spitzte

Inés durch den Türspalt in Cristinas Zimmer. Das Mädchen schlief selig, wie immer, auf dem Rücken, den Kopf leicht zur Seite geneigt und den Anflug eines Lächelns im Gesicht. Wenn dieses Geschöpf weiter so harmonisch wächst wie bisher, dann laß ich sie mit sechzehn als Model arbeiten und höre selbst zu arbeiten auf, um fortan nur noch Mutter der Künstlerin zu sein. Das ist sicher lustiger als Familienanwältin, wo es immer nur um Dramen, Scheidungen, Streitereien, Haß und Ressentiments geht. Cristina dürfte alles mögliche werden – Bergarbeiterin, Soldatin, Steuerprüferin –, alles, bloß nicht Anwältin. Das würde sie ihr strengstens verbieten.

Inés, die für viele ihrer Klienten in Scheidungsverfahren ausgezeichnete Konditionen herausgeschunden hatte, hatte bei ihrem eigenen in allem nachgegeben. Enrique hatte das Haus behalten, und Cristina lebte bei ihr, weil er nach auswärts abgeordnet war, aber er brauchte keinerlei Unterhalt zu zahlen oder dergleichen. Nachdem sie soviel Haß und soviel Ressentiments mit angesehen hatte, hatte Inés sich, als es darum ging, ihre eigene Scheidung auszuhandeln, dazu entschlossen, nicht zu kämpfen, und in allem nachgegeben. Aus Erfahrung wußte sie, daß die Kinder, wenn man bis aufs Messer um sie kämpft, am Ende immer die Verlierer sind und Verletzungen davontragen.

Auf einem Programm lief ein künstlich nachkolorierter Schwarzweißfilm aus den vierziger Jahren in unerträglicher Synchronisation. Also fing sie an zu zappen. Eine Mandantin ihrer Kanzlei behauptete steif und fest, daß der Hauptgrund, aus dem sie sich von ihrem Mann getrennt habe, der sei, daß dieser jedesmal, wenn die Familie sich vor den Fernseher setzte, angefangen habe zu zappen, und das habe alle verrückt gemacht und endlose Streitereien und Ärger gegeben. Die Fernbedienung war nicht nur ein Gerät, mit dem man umschalten konnte, sondern das Symbol der Macht im Hause, das Machtinstrument schlechthin. Wenn sie sich dazu durchringen könnte zu promovieren, dann würde Inés ihre Doktorarbeit genau über dieses Thema schreiben: *Die Fernbedienung im Familienrecht*. Noch so ein schönes Thema für eine breit angelegte Dissertation war die Familie: dieses klebrige Ding, das einem am Körper hängenbleibt und Krankheiten und Mißbildungen hervorruft, und wenn du es endlich schaffst, sie abzuschütteln, dann verspürst du eine große Schwäche, stellst fest, daß du ohne sie nicht leben kannst, und bastelst dir künstlich eine neue.

Na ja, die Glotze. Das billigste Schlafmittel, an das zudem noch am leichtesten heranzukommen ist. Obwohl es ja die übelstmöglichen Nebenwirkungen hat: Hypnose, Verblödung und einen durchgezogenen Strich im Elektroenzephalogramm, abgesehen von den Kopfschmerzen.

Um fünf ging Inés wieder ins Bett. Vorher hatte sie beim Teleshopping angerufen, um zwei ganz unwiderstehliche Angebote zu bestellen: einen Putzwedel und einen chinesischen Wok. Zu allem Überfluß kam sie die Schlaflosigkeit auch noch sündhaft teuer zu stehen.

# Haß ohne Verfallsdatum

Sie wußte es, ja, sie wußte es: Ausgerechnet, wenn im Fernsehen die Soap *El súper* anfängt, klingelt das Telefon. Das ist nun einmal so, mein Gott.

»Gelu, bist du's?«

»Wer denn sonst, Mama ... Wie geht's dir heute?«

»Schlecht. Ganz schlecht, mein Kind, ganz schlecht.«

»Warum schaust du denn kein Fernsehen? Es läuft doch gerade *El súper*. Vielleicht geht's dir dann besser.«

»Komm, was soll ich jetzt mit einem Supermarkt am Hut haben? Was in *El súper* passiert, ist gegen mein Leben das reinste Zuckerschlecken. Ach, was hat man als Frau doch zu leiden.«

»Was ist denn jetzt schon wieder? Wie geht es Vater?«

»Vater ist putzmunter und nervt wie sonstwas. Obwohl: Wenn's nach dir und deinem Bruder ginge, dann könnte er ebensogut sterben, und ihr würdet nichts mitkriegen, so, wie ihr euch um uns kümmert. Was juckt's euch schon, wie's uns geht? Wenn ich nicht anrufe ... Also, ihr, na ja ... züchte Raben ...«

»Mama, ich bin gerade verdammt schlecht drauf. Also geh mir gefälligst nicht auf die Eierstöcke und sag mir, was du willst.«

»Da haben wir's. Jetzt wirst du auch noch pampig und bist schlecht gelaunt. Du meinst wohl, du bist die einzige auf der Welt, die Probleme hat. Ach, lassen wir's, Kind, ich laß dir deine Ruhe.«

Gelu hörte es in der Leitung klicken, und dann ertönte das Summen des Freizeichens.

»Verdammtescheißmutterwashabichderbloßgetan?«

Sie wählte die Nummer von ihrer Mutter. Dreizehnmal ließ sie es klingeln.

»Wer ist da?«

»Mama, das geht mir echt auf die Nerven, wenn du einfach auflegst.«

»Ich sehe grad *El súper* und muß das Abendessen für deinen Vater machen. Also, jetzt paßt's wirklich nicht.«

»Mama, wenn du willst, komm ich schnell vorbei und mache das Abendessen.«

»Nein, Kind, das brauchst du nicht. Das wäre ja noch schöner. Wenn dein Vater Parkinson hat und ich es furchtbar im Genick habe, heißt das noch lange nicht, daß du herkommen und mir das Abendessen machen mußt. Komm, kümmer dich lieber um den alten Gauner von deinem Mann, damit hast du wirklich genug am Hals.«

»Was machst du denn zu Abend?«

»Lauchsuppe und überbackenen Lauch.«

»Mensch, ist das nicht ein bißchen viel Lauch?«

»Also, hör mal, dein Vater mag Lauch, und wenn ihm mal was schmeckt, dann werde ich mir doch nicht das Leben schwer machen. Außerdem habe ich im Radio gehört, daß Lauch entkackend wirkt.«

»Das heißt entschlackend, Mama.«

»Genau, Lauch ist gut zum sauber Pinkeln und schön hell Scheißen.«

»Mama …«

»Was? Also die Julia da in *El súper*, die hat mir besser gefallen mit ihrer Mähne. Und jetzt hat sich auch noch die Anwältin die Haare abschneiden lassen. Die kriegen wohl Sonderpreise beim Friseur.«

»Ich bekomme ein schwachsinniges Kind.«

»Also, ich werde mich von deinem Vater trennen.«

»Mama, ich meine es ernst.«

»Komm. Meinst du, mir ist nach Scherzen zumute? Ich halte es nicht mehr aus mit ihm, und ich habe auch schon mit einer Anwältin geredet, die regelt den ganzen Papierkram für mich.«

»Mama, du bist jetzt siebenundsechzig. Da kannst du dich nicht einfach so von ihm trennen.«

»Na, wer sagt's denn? Hörst du? Ist das denn die Möglichkeit?«

»Aber du hast mir doch selbst neulich, als ich dir erzählt habe, daß ich mich wahrscheinlich von Eusebio trennen will, ganz schön den Kopf gewaschen. Von wegen, man muß da durch, aushalten. Daß man nicht so einfach auseinandergeht und daß die Ehe was ganz Ernstes ist und einem Geduld abverlangt und Opferbereitschaft und lauter so Sachen. Und jetzt kommst du mir damit. Also, weißt du ... Außerdem ist Vater krank, da kannst du ihn nicht einfach verlassen.«

»Du gefällst mir. Habt ihr ihn denn nicht verlassen? Euch Kindern kann also der Vater Wurscht sein, aber ich muß ihn ertragen. Nichts da, mein schönes Kind, das hast du dir ja ganz schön zurechtgelegt. Ich habe dir ja schon gesagt, daß ich schon bei einer Anwältin war. Die hat Asunción mir empfohlen, die Cousine deines Vaters, du weißt schon, die wohnt in Navalcarnero, und der hat die auch den ganzen Papierkram erledigt. Siehst du?«

»Aber Mama, von was willst du denn leben? Und wie willst du eigentlich die Anwältin bezahlen? Das versteh ich einfach nicht.«

»Ich komm schon irgendwie zurecht.«

»Wie willst du denn zurechtkommen, wo du ... Wo du doch nichts kannst, aber auch gar nichts. Mama, also wirklich, so ein Ärger, wo ich doch selber schon genug am Hals habe. Weiß Pedro das schon?«

»Deinen Bruder juckt das doch kein bißchen, ob ich mich von deinem Vater trenne oder ob ich eine Kolik kriege.«

»Sag mal, Mama: Was hast du eigentlich der Anwältin erzählt, damit die deinen Fall übernimmt? Das will mir einfach nicht in den Kopf.«

»Ich habe ihr die Wahrheit gesagt: Daß dein Vater ein Vieh ist und mir das Leben zur Hölle macht und daß er mich körperlich mißhandelt und ...«

»Aber der ist doch fast gelähmt und kann sich nicht rühren, der arme Kerl.«

»Jetzt schon. Aber früher hat er mich immer wieder verdroschen. Und auch jetzt versucht er immer noch, mir eine zu verpassen, und schmeißt mir Sachen an den Kopf, wenn er meint, ich würd's nicht merken. Und so kann ich nicht mehr leben.«

»Papa soll dich verdroschen haben? Das ist doch gelogen.«

»Gelogen? Ich habe euch bloß nie was gesagt, weil ich nicht wollte, daß ihr euch aufregt. Aber der konnte fuchsteufelswild werden, und dann hat er ausgeholt ...«

Gelu spürte wieder, wie die Tränen kamen, und sie konnte sie nicht aufhalten.

»Aber Mama, du hast doch nicht etwa vor, Vater in ein Altersheim zu stecken? Gell, das hast du nicht vor? Was sollst du denn auch alleine anfangen?«

»Kindchen, da brauchst du doch nicht zu weinen. Weil ich nämlich nicht alleine sein werde. Vielleicht zieh ich ja mit Venancio zusammen.«

»Wer ist denn Venancio? Doch nicht der aus der Drogerie?«

»Genau der, in voller Lebensgröße. Der ist letztes Jahr Witwer geworden, und du wolltest nicht zu ihrer Beerdigung gehen, und ich habe mir dabei den Fuß verstaucht. Und da sind wir uns näher gekommen. Komm, jetzt hör mal auf zu heulen, Kind. Das ist ja kaum zu glauben: Du bist doch jetzt wirklich alt genug, daß du wissen müßtest, wie das im Leben so ist, verdammt. Außerdem brennt mir mein Lauch an. Adiós.«

# Nächster Halt: Sex

Verwirrt legte América den Hörer auf. Jedesmal, wenn sie mit der blöden Kuh Inés de la Prada, ihrer Anwältin, sprach, schoß ihr Ungeduld durch die Adern. Lange würde sie nicht bei dieser neuen Anwältin bleiben, obwohl ihre Schwägerin Almudena und Antonio, ihr anderer Teilhaber, der zugleich der Anwalt ihrer Firma war, nicht müde wurden, ihr vorzubeten, daß dies wirklich eine Anwältin mit Köpfchen war, wenn es darum ging, in Scheidungsverfahren die Gegenpartei niederzumachen. An Inés störte sie fast alles: ihre blauen, eingefallenen Augen, die ständig dunkel umrandet waren, ihre außergewöhnliche Schlankheit – Wie machte das Miststück das? –, ihre tiefe Stimme und ihre Art zu sprechen: Es klang wie ein monotones Murmeln. Sie konnte sich nicht vorstellen, wie die einen Prozeß gewann oder einen Richter mit brillanter Rhetorik überzeugte. Antonio behauptete steif und fest, daß sie klug, gewissenhaft und hartnäckig sei und daß sie die unmöglichsten Prozesse durch ihre Ausdauer gewann. Aber ihr ging Inés auf die Nerven. Zum Beispiel, was ihr jetzt eingefallen war: Die beiden Kinder sollten die Sommerferien bei ihrem Vater und dessen Mutter verbringen, die ein Haus an der Costa Brava hatte.

»Sieh mal, Inés, ich habe schon ein Haus in El Espinar gemietet, um dort den Sommer mit den Kindern zu verbringen. Das gönne ich Carlos nicht, auf keinen Fall«, hatte sie voller Entschlossenheit zu Inés gesagt.

»Das solltest du aber tun. Denn so bringst du Carlos' Mutter nicht gegen dich auf, und die nimmt eine Schlüsselstellung in dem Spiel ein.« So hatte Inés auf sie eingeredet. »Punkt eins: Sie ist diejenige, die Geld hat und der das Haus gehört, in dem du mit Carlos gewohnt hast. Punkt zwei: Carlos wird tun, was seine Mutter sagt. Und Punkt drei: Du solltest jetzt die Brave mimen, damit du im richtigen Augenblick zuschlagen kannst.«

List und Verstellung waren zwei Waffen, über die América nicht verfügte, die sie aber alle Frauen in ihrer Umgebung ständig einsetzen sah. Carmen war listig wie der Fuchs in der Fabel. Sie spielte das Dummchen und führte alle mit ihrem frivolen, unschuldig wirkenden Auftreten an der Nase herum, und wenn sie am wenigsten darauf gefaßt waren, schlug sie unbarmherzig zu. Das muß irgendwie mit der schlanken Linie zusammenhängen. Oder so ähnlich. Inés und Carmen waren listig, weil sie schlank waren.

Sie öffnete die Schublade ihres Schreibtisches und nahm eine Tafel Schokolade mit knusprigen Mandeln heraus, und nachdem sie das Papier abgezogen hatte, biß sie herzhaft hinein. Jetzt fühlte sie sich besser, optimistischer, nicht mehr so aufgekratzt. Sie drehte sich mit dem Drehstuhl um und sah aus dem Fenster. Die Ampel schaltete auf Grün, und alle Autos fuhren gleichzeitig los. Noch eine halbe Stunde, dann würde der Taxifahrer kommen und sie nach Toledo fahren. Dieser Eusebio war wirklich zum Anbeißen. Noch nie hatte sie etwas mit einem Taxifahrer angefangen oder mit sonst jemandem, der niveaumäßig – so würde ihre Mutter sagen – nicht mit ihr auf Augenhöhe stand: Studienkollegen oder Freunde ihrer Freundinnen. Wie tief sind wir doch gesunken. Obwohl: Wenn man es recht betrachtet, dann kann man sich ruhig mit einem Taxifahrer einlassen, der gut aussieht und ein sauberer Kerl zu sein scheint. Da ist man dann auch zu nichts verpflichtet. Das ist ein Stück Freiheit.

Sie steckte die Unterlagen, aus denen sie auf dem Scheißsymposium in Toledo vortragen sollte, in ihre Tasche. Geschrieben hatte Carmen sie. Eigentlich müßte ich einen Blick darauf werfen, dachte sie, aber ich bin einfach viel zu faul dazu. Ach, das kann ich ja unterwegs tun. Obwohl wir uns unterwegs ja höchstwahrscheinlich eifrig unterhalten werden. Sie zog die Blätter wieder aus der Tasche und rief Carmen über die Gegensprechanlage an.

»Ja, was ist?« Die Stimme ihrer Teilhaberin klang wie immer ungehalten.

»Du hast mir noch nicht erzählt, was du für Toledo geschrieben hast.«

»Das habe ich dir nicht erzählt, weil ich es eben geschrieben habe. Lies es durch. Es ist ganz gut geworden.«

»Wovon ist die Rede?«

»Von Kreativität, Psychologie und Kommunikation.«

»Komm, laß den Quatsch. Darf ich dich daran erinnern, daß es ein Symposium über Marketingtechniken ist?«

»Kreativität und Psychologie sind das Allerneuste in Sachen Marketingtechniken, meine Liebe, glaub mir. Ich habe das aus einer südamerikanischen Fachzeitschrift abgeschrieben.«

Sie zog die sauber ausgedruckten Blätter aus der Tasche und fing an zu lesen: »Der menschliche Faktor ist die Grundlage der geschäftlichen Beziehungen. Ausbau und Erweiterung des menschlichen Faktors bedeutet Ausbau und Erweiterung unserer Möglichkeiten ...« Bla, bla, bla. »Römisch eins: A, B, C und D. Römisch zwei: A, B und C.« Sie blätterte die neun Seiten schnell durch. »Ich komme nun zum Schluß, römisch zwölf: A und B.«

Ganz schön dreist, dachte América und schlug dabei den Aktendeckel zu. Dann steckte sie ihn hastig in die Tasche. Sie wollte gerade auf die Taste an der Gegensprechanlage drücken, um Carmen anzurufen, als sie ein grundsätzlicher, fürchterlicher Gedanke beschlich: Wenn das Taxi kommt, wo setze ich mich dann hin: auf den Beifahrersitz oder hinten, wie ich es sonst in jedem anderen Mietwagen tun würde? Sie nahm die Hand von der Tastatur, stand auf und ging in das kleine Bad, das sie sich mit Carmen teilte. Sie schob den Riegel an der Tür zum Büro ihrer Teilhaberin zu und betrachtete sich im Spiegel. Ich sehe ja fürchterlich aus! Sie zog die Bürste durch ihr Haar, trug Wimperntusche auf, schminkte ihre Lippen und legte etwas Rouge auf. Erneut betrachtete sie ihr Spiegelbild, als würde sie eine Feindin mustern, eine Rivalin. Schon besser, dachte sie. Plötzlich fiel ihr ein, daß sie sich zuerst lieber die Zähne hätte putzen sollen. Wenn ich das aber jetzt mache, muß ich das ganze Make-up noch mal machen. Macht nichts, dann schminke ich mich eben ab und schminke mich dann noch einmal. Was soll's? Dauert auch nur zehn Minuten.

Aus dem Spiegelschrank holte sie ein Döschen Make-up-Entferner und cremte ihr Gesicht kräftig ein. Sie war gerade dabei, es mit Kleenex abzuwischen, als sie die Gegensprechanlage in ihrem Büro summen hörte. Mein Gott. Schnell rannte sie zum Apparat.

»Der Herr Taxifahrer, der Sie abholen soll, ist da.«

»Komme schon. Ich komme gleich. Er soll eine Minute warten.«

»Soll ich ihn ins Büro kommen lassen?«

»Nein, nein! Ich bin ja gleich fertig. Dann komme ich raus.«

Sie hatte sich doch tatsächlich bei Noelia angesteckt mit dieser Unart, ständig alles mit langgezogenen s- und x-Lauten zu garnieren. Kaum zu glauben, wie leicht man alles mögliche übernimmt, wenn es um schlechte Angewohnheiten geht. Sie fühlte sich nervös, es kribbelte ihr in den Fingerkuppen. Hastig packte sie Aktentasche, Handtasche und Handy. Im Auto würde sie während der Fahrt zu Hause anrufen, um die Stimmen ihrer Kinder und der Kinderfrau zu hören.

Ach ja, die Kinderfrau, die mußte sie ja auch noch bezahlen. Der Monat war schon fast um, und Mariana war da sehr genau: Ihr Geld brauchte sie jedesmal genau am 28. Natürlich war es eine fürstliche Bezahlung, aber dank Felisa konnte América ganz beruhigt sein. Das war nun einmal der Preis dafür, daß man außer Haus sein Geld verdienen konnte. Die Kinder haßten Felisa natürlich, aber sie fürchteten sich vor ihr und gehorchten ihr, tanzten ihr nicht auf der Nase herum wie ihr, der Mutter. Ihre Kinder liebten América abgöttisch, aber mit ihrem Respekt war es nicht weit her. Genauso wie im Leben an sich: Sie war überzeugt, daß Carlos sie liebte oder sie geliebt hatte, aber das hatte ihn nicht daran gehindert, zu tun, wonach ihm gerade war, ohne den geringsten Respekt für sie. Carmen dagegen fürchteten die Männer. Sie behandelte sie, als wären sie einfach auswechselbar, und damit hielt sie sie spielend unter ihrer Fuchtel. Unglaublich. Warum? Warum läuft das immer so ab? Warum gehen wir nicht normaler, zivilisierter miteinander um?

Als sie noch einen flüchtigen Blick auf ihren Schreibtisch warf, sah sie, daß sie fast ihre Zigaretten vergessen hätte. Sie beugte sich vor, um danach zu greifen, und dabei schlug sie mit ihrer Tasche, die sie über die Schulter gehängt hatte, die kleine Statue des dornausziehenden Knaben um. Im letzten Augenblick konnte sie sie noch festhalten. Wäre die kleine Figur heruntergefallen und zu Bruch gegangen, dann hätte sie die Fahrt nach Toledo abgesagt. Der Gedanke kam ihr wie ein plötzlicher Geistesblitz. Manchmal hängt das Leben schon von dummen Kleinigkeiten ab wie gerade eben von dieser.

Eusebio trug ein kariertes Hemd wie ein kanadischer Holzfäller, dazu eine Jeans, an der man sogar noch eine Bügelfalte erkennen konnte. Das kostete América den letzten Nerv. Obwohl ihre Nerven ohnehin schon blank lagen und jede andere Kleinigkeit sie wütend gemacht hätte.

Als sie zusammen im Aufzug hinunterfuhren, wußte América immer noch nicht, ob sie sich neben Eusebio setzen würde oder nach hinten. Sie sah an die Decke, aber sie spürte seinen Blick auf sich. Als sie den zweiten Stock passierten, fing Eusebio ebenfalls an, nach oben zu schauen, als ob die kahle Decke des Aufzugs die Sixtinische Kapelle wäre.

Das Wunderwerk der Technik blieb im Erdgeschoß mit einem leichten Ruck stehen. América öffnete die äußere Tür und ging voraus zur Haustür. Das Taxi stand halb auf dem

Gehsteig. Die Mittagssonne spiegelte sich im weißen Lack. Eusebio drückte auf die Fernbedienung, und am Auto gingen die Lichter an, dazu erklang ein leises, seufzendes Piepen. Sieh mal einer an, was sich die Hersteller für einen Quatsch einfallen lassen, damit die Leute denken, daß ihr neues Auto moderner ist, um so den Kunden von anderen, nicht so spektakulären Dingen abzulenken, die aber viel wichtiger wären.

Eusebio ging festen Trittes zur Hintertür und hielt sie ihr auf. Américas alter Trick hatte also wieder einmal funktioniert: Wenn du eine wichtige Entscheidung lange genug in der Schwebe halten kannst, dann trifft sie irgendwer wie selbstverständlich für dich. América ließ sich auf den Rücksitz fallen und unterdrückte mühsam ein Lächeln.

Der Wagen war blitzblank sauber. In der Luft lag ein Duft nach Fensterputzmittel und nach Wachs. Es war ein typischer Madrider Frühlingstag: Der Himmel klar, sehr blau, die Luft sauber und trocken, und die Sonne ließ die Scheiben an den Häuserfassaden blitzen, als ob es Blinklichter wären. Eine leichte, frische Brise ließ die aufkeimenden Blätter an den Akazien sanft erzittern. Es war nicht so warm, wie das gleißende Licht der Sonne erwarten ließ.

Der Wagen glitt schnell über die linke Fahrspur der M-30. Es gab keinerlei Verkehrsbehinderung und ging schnell voran, weil um diese Zeit die Madrider, wo auch immer sie sind, was auch immer sie zu tun haben, essen. Sie essen mit Genuß, zu Hause, in Kneipen, in teuren Restaurants, in Pensionen, in Cafés, in Kasernen, in Speiselokalen, in den Refektorien der Klöster und Kirchen, in den Schulmensen. Außer in den Krankenhäusern und auf dem Bau. Dort wird eine halbe oder eine ganze Stunde früher gegessen. Und außer Eusebio und mir. Madrid ißt. Tonnen von Gemüseeintöpfen, Pommes frites, Wolfsbarsch, Meerbrassen, Bouillons und Suppen, panierten Schnitzeln, Spaghetti, Lammrippchen, Bohnen mit Schweinsohr, Linsen, Spiegeleiern mit Tomatensoße und Reis, Brathähnchen und gemischten Salaten.

Von acht Uhr morgens, als América aufgestanden war, bis

jetzt hatte sie nur einen Joghurt, eine Scheibe Toast und sechs oder sieben Tassen Kaffee zu sich genommen. Also fing sie an, ein leichtes Hungergefühl zu verspüren. Entweder hatte sie der Gedanke an die Tonnen von Essen hungrig gemacht, oder der Hunger hatte vor ihrem geistigen Auge die Mengen goldgelber, dampfender Speisen erscheinen lassen.

Sie kramte in ihrer Handtasche nach einem Kaugummi oder einem Bonbon. Eusebios Stimme überraschte sie:

»Wenn Sie möchten, können Sie ruhig rauchen.«

Eusebio hatte sich leicht nach vorne gebeugt, um ihr im Rückspiegel in die Augen sehen zu können.

»Danke, aber ich suche gerade nach einem Bonbon oder so. Jetzt habe ich keinen Appetit auf eine Zigarette, mit leerem Magen.«

América sah in den Rückspiegel, aber Eusebio hatte eine schwarze Brille mit rundem Metallgestell aufgesetzt, die ihm ziemlich gut stand. Die Sonnenbrille hob seinen fleischigen Mund und die hervorstechende Adlernase hervor. Auch América trug eine dunkle Brille, eine Carrera aus Kunststoff. Die grünlichen Gläser verliehen ihr einen abwesenden Ausdruck und hoben einen Leberfleck hervor, den sie neben dem rechten Flügel ihrer großen, aber geraden Nase hatte.

Eusebio machte das Handschuhfach auf und nahm, ohne den Blick von der Straße zu nehmen, eine Packung Sugus und eine Packung Kaugummi heraus und bot sie ihr mit der rechten Hand an, ohne sich umzudrehen.

»Bitte, nehmen Sie, so viele Sie wollen. Sie können sie behalten, ich habe noch mehr. Ich habe immer Bonbons im Auto. Manchmal habe ich niedrigen Blutdruck, und dann tut Zucker gut.«

Ach ja, der Zucker, dieser Stoff, den América schon in ihren Jugendjahren aus ihrem Leben verbannt hatte. Das ist das erste, was man dir ersatzlos und unerbittlich verbietet, wenn du dich auf eine Diät zum Abnehmen einläßt, und jetzt machen wir schon seit zwanzig Jahren mehr oder minder erfolgreich Diät. Ja, der Zucker, der kann Tote zum Leben erwecken, der schafft

Lebensfreude. Ein Bonbon, eine Praline, ein Stückchen Kuchen zur rechten Zeit, und auf einmal ist das Leben anders, fließt das Blut wieder durch die Adern, sehen die Augen wieder scharf und hören die Ohren wieder klar.

Während sie eifrig an ihrem zweiten Sugus mit Orangengeschmack lutschte, sah sie die erdrückende, feindliche Fassade des *Hospital Doce de Octubre*. Aus welchem Grund haben sie diesem Krankenhaus diesen Namen gegeben? Was haben Gesundheit oder Krankheit mit der Tatsache zu tun, daß Kolumbus an diesem Tag von Palos aus in See stach?

»Bist du verheiratet, Eusebio?«

Zucker setzt ohne Vorwarnung Systeme und Mechanismen in Gang, und sie selbst war überrascht, weil sie geredet hatte, ohne vorher nachzudenken, was sie sagen würde.

Eusebio rührte sich nicht, aber vielleicht sah er sie durch die dunklen Brillengläser an.

»Ja ... ich bin verheiratet, aber ...«

»Aber?«

Im Rückspiegel konnte sie erkennen, daß ein leichtes Lächeln über Eusebios Gesicht huschte. Er hatte einen wunderschönen Mund, da gab es nicht den geringsten Zweifel.

»Nichts, eben daß ich seit vier Jahren verheiratet bin.«

»Aha. Und Kinder wirst du dann auch haben, klar.«

»Und Sie?«

»Ich? Ja. Ich habe zwei Kinder.«

»Ach, das sieht man Ihnen aber nicht an.«

»Danke.«

Eine furchterregende Stille. Die Landschaft war fürchterlich. Werkshallen, Laborgebäude, Fabriken, mit Dreck übersäte unbebaute Grundstücke, Autofriedhöfe.

»Warum schaltest du nicht ein bißchen das Radio ein? Vielleicht kommt ja irgendwo Musik.«

Eusebio schaltete das Radio ein, und Niña Pastori sang irgendwas Flamencoähnliches. Taxifahrer sind alle gleich: Entweder sie hören morgens Gesprächsrunden oder den Rest des Tages Radio Olé.

Sie betrachtete Eusebios mit leicht gewelltem, weichem, glänzendem Haar bewachsenen Nacken, seine starken Schultern, seine Hände auf dem Lenkrad, die breit waren, die Finger kurz und die Fingernägel sauber und quadratisch.

América beugte sich vor und stützte sich auf die Lehne des Beifahrersitzes.

»Eusebio, warum suchen wir uns nicht eine Kneipe oder so? Ich muß was zu mir nehmen.«

»Nichts dagegen. Da gibt es, knapp einen Kilometer von hier, ein Fernfahrerlokal.«

»Haben die auch Zimmer?«

»Tja, das weiß ich nicht. Ich denke schon.«

América lehnte sich bequem in ihrem Sitz zurück. Sie fühlte sich erheblich ruhiger. Unerwartet hatte ihr Körper beschlossen, daß sie mit Eusebio schlafen würde, wenn dies sich ergeben würde, und daß jetzt mit dem Quatsch Schluß sein sollte. Und alles deutete darauf hin, daß ES möglich war.

Die Kneipe hieß La Rueda. Der Ursprungsbau war, fast kunstvoll, um zwei Geschosse erweitert worden. Vor dem Lokal warteten mehrere geparkte riesige Laster darauf, daß ihre Fahrer sich und sie mit neuem Treibstoff versorgten. Innen gab es eine lange Theke und mehrere Tische mit Papiertischdecken und Stühlen aus Stahlrohr und Resopal, an denen die Speisegäste dicht gedrängt saßen. Sie waren alle groß und massig wie die Lastwagen, die sie fuhren. Es roch nach heißem Öl und nach gebratenem Fleisch.

América lehnte sich an die Theke.

»Was möchtest du trinken?« Eusebios Augen sahen feucht aus, und seine Stimme erschien América neuartig, fremd. Oder lag es vielleicht daran, daß er sie unerwartet geduzt hatte?

»Ein Zimmer«, sagte sie, und im gleichen Augenblick bereute sie es, aber die Würfel waren bereits gefallen.

Der Mann hinter der Theke war riesig, hatte einen Höcker auf der Nase, und sein Gesicht glänzte vom Schweiß. América ging zum Zigarettenautomaten. Sie warf drei Hundert-Peseten-Münzen ein, und der Automat gab ihr alle drei zurück. Sie steckte sie noch einmal langsam, nacheinander in den Schlitz, und der blöde Automat gab sie ihr im gleichen Tempo zurück.

Sie spürte eine Hand auf ihrer Schulter.

»Komm. Gehn wir.«

Ohne sie loszulassen, führte Eusebio sie durch die Tischreihen zu einer Schwingtür, deren Glasfüllung aus gelbem Mattglas war. Dahinter lag ein dunkler, kalter Flur mit Holztüren zu beiden Seiten. Eusebio blieb vor der dritten Tür rechts stehen. Er steckte den Schlüssel ins Schloß, und dieses öffnete sich sofort.

Das Zimmer bestand eigentlich nur aus einem Bett. Auf diesem lag eine grüne Wolldecke mit breiten senkrechten Streifen in dunklerem Grün und Ockergelb. Vorhänge in den gleichen Farben verdeckten das Fenster, das viel kleiner war als die Vorhänge. Obwohl der Fliesenfußboden das Gefühl von Kälte verströmte, wäre América beinahe der Schweiß ausgebrochen.

Sie setzte sich auf das Bett, schnickte die Schuhe weg und zog die Füße aufs Bett, damit sie nicht mit dem Fußboden in Berührung kamen, dessen Kälte sie ahnte. Sie lehnte ihren Rücken an das hölzerne Kopfteil und krallte ihre rechte Hand um ihre Fesseln. Sie wagte nicht zu denken: Was mache ich hier? Wie kann ich nur so blöd sein?, noch weniger zu sprechen, und sie wollte weder Eusebio noch sonst etwas, was um sie herum war, ansehen. Da schaute sie zum Fenster, und das gedämpfte grünlich und ocker schimmernde Licht erinnerte sie an irgendeinen Augenblick ihrer Kindheit. Da war sie auch in einem ähnlichen Zimmer gewesen und hatte eine Strafe für irgend etwas Böses, das sie ausgefressen hatte, abgesessen. Die vage Erinnerung brachte ihr den Geschmack von »Galletas María«, jenen faden runden Keksen, mit denen Kinder von ihren Eltern vollgestopft werden, in den Mund.

Eusebios Hände drückten sanft auf ihre Schultern, damit sie sich ganz auf das Bett legte. Sie spürte seinen Mund an ihrem Hals: lauter kleine, laute, schnelle Küsse, so wie Babys küssen. Und sie lächelte, weil es zudem kitzelig war. Sie streichelte ihm den Rücken und spürte durch das Hemd die warme, leicht feuchte Haut. Auch sein Kopf war warm. América streckte die

Beine aus, die sich mit denen Eusebios kreuzten. Sie lagen eng umschlungen quer über dem Bett.

Jetzt kommt der übelste Teil der Sache, und zwar die Frage, wie wir uns ausziehen, dachte América. Im Film machen sie das ganz einfach: Da haben die Mädchen keine Strümpfe, kein Höschen und keinen BH an, und sie selbst ziehen im Handumdrehen dem Typen Jeans und Hemd aus. Aber im wirklichen Leben ist das weit weniger sexy und viel komplizierter, weil abgesehen von all dem Zeug, das ich anhabe – BH, Body und Strumpfhose –, der da ganz bestimmt eine Unterhose und Socken anhat. Und ich glaube, das halte ich nicht aus.

Eusebio grapschte unablässig an ihr herum, von oben bis unten, ohne sich irgendwo besonders aufzuhalten, und er drückte ihr seine hastigen, lauten Küsse auf Gesicht, Hals und Ohren. Er zeigte keine Absicht, den Gürtel an seiner Jeans zu öffnen, nicht einmal die Schuhe – Slipper – hatte er ausgezogen.

Entweder América traf jetzt eine Entscheidung, oder die ganze Chose ging in die Hose. Immer noch hatte sie den Geschmack von »Galletas María« im Mund.

Für den Anfang zog sie ihre Jacke aus und öffnete ihren Rock. Warum nur hatte sie ausgerechnet an diesem Tag einen weißen Body angezogen? Den trug sie sonst fast nie. Dieses »Body« genannte Kleidungsstück mußte jemand erfunden haben, der Sex nicht ausstehen konnte, vor allem keinen schnellen, heimlichen Sex. Das Ding ist eine Keuschheitsversicherung. Der bloße Gedanke daran, wie du es ausziehen mußt, nimmt dir die Lust am Vögeln. Sie schlängelte ihre linke Hand nach unten, um die Druckknöpfe zu öffnen, die den Body an der Möse verschlossen. Eusebios Stimme kam ihr weit weg vor.

»Was machst du da?«

»Ich mach mir dieses Scheißding auf.«

»Ach, ich dachte, du wolltest dir die Möse streicheln.«

Fremde sexuelle Phantasien wirken immer so verblüffend. Wenn der Kerl auf so was stehen sollte, dann haben wir's verschissen. Denn ich bin jetzt wirklich nicht dazu aufgelegt, es mir selbst zu besorgen, ganz und gar nicht.

»Du duftest nach Narden.«

So, das war's wohl. Dieses überaus exklusive Nardenparfum kostet mich ein Vermögen. Das gibt's nur in einem Geschäft in ganz Madrid. Wenigstens hat er's gemerkt.

Es ist kein leichtes Unterfangen, sich den Body über den Kopf auszuziehen. Und dann ist da noch die Strumpfhose – die muß man sich, möglichst ohne sie zu zerreißen, über die Füße ausziehen –, der Slip und der BH. Und man kann kaum behaupten, daß Eusebio viel dabei helfen würde, ehrlich gesagt.

Sie spürte Eusebios Glied. Es war nicht so groß, wie es ihr am Anfang vorgekommen war, als sie sich auf das Bett geworfen hatten. Na ja, man soll sich ja auch wirklich nicht so lange mit dem Vorspiel aufhalten. Bei solchen Sachen muß man einfach ein bißchen vorbauen, damit was daraus wird. Wie alles Spontane, muß man auch das gut vorbereiten. Da braucht es eine Choreographie, ein Drehbuch, eine bestimmte Garderobe. Frau darf solche Sachen einfach nicht tun, ohne einen Regisseur dabeizuhaben, der ihr sagt, wie sie das machen soll, was zu tun ist. Und dieser Mann hier, der hilft kein bißchen mit: Schmatz, Schmatz, Schmatz auf den Hals, ganz fest umarmen, das war's.

Ich will sie nur umarmen. So möchte ich mein Leben lang liegen bleiben, meinen Kopf an ihrem Hals mit der weichen Haut, und dieser Nardenduft soll nie vergehen, nie. Ich weiß, daß ich meinen Gürtel aufmachen und die Hose ausziehen müßte, aber ich kann einfach nicht weg von diesem Hals und diesem Duft. Wenn ich mein Hemd ausziehe, das mir die Luft abschnürt, dann merkt sie, daß ich nach Zwiebel und Sellerie stinke. Die hört nicht auf rumzuzappeln. Ich müßte ihr an die Möse fassen, aber was ich mag, ist ihre schlanke Hüfte und der feste Hintern, der ist fest und fleischig. Was macht die bloß? Die hört nicht auf mit dem Zappeln. Und mein Schwanz wird schon wieder schlaff, jetzt mach ich mich gleich lächerlich. Das kann ich nicht glauben. Und diese Titten, die sind schön fest, aber, verdammt, sie hat ja einen gepanzerten BH an, so ein Ding, wie sie jetzt in Mode sind. Im Fernsehen zeigen sie die auch immer in der Werbung. Aber sie zeigen einem nicht, wie man sie aufkriegt.

Er spürte Américas Hände auf seiner Brust, wie sie ihn wegdrückten.

»Warte mal einen Augenblick, ich zieh mich aus. So wird das nichts, zu unbequem.«

América richtete sich auf und zog den Body über den Kopf und die Strumpfhose über die Füße aus.

»Gefalle ich dir nicht?« fragte Eusebio, ausgestreckt auf dem Bett liegend.

»Doch, doch, du gefällst mir. Aber zieh dein Hemd aus.«

In Américas Stimme lag ein mütterlicher Unterton. Es klang, wie wenn eine Mutter zu ihrem Kind sagt: »Nimm die Ellenbogen vom Tisch« oder »Zippel nicht so an deinem T-Shirt rum.«

América machte den BH auf, und Eusebio strich ihr mit der Hand von oben nach unten über den Rücken. Ihre Haut war seidig, und das Fleisch links und rechts der Wirbelsäule verströmte eine wohlige Wärme. Endlich nackt, drehte América sich zur Seite, stützte sich auf ihren Ellenbogen und legte ihren Kopf in ihre Hand. Mit der anderen fing sie an, Eusebios Hemd aufzuknöpfen.

»Ich werde dir nicht gefallen, weil ich so gewöhnlich bin.«

»Sei still, red nicht solchen Quatsch und zieh endlich das ganze Zeug aus.«

Schon wieder dieser tolerant-ungeduldig-mütterliche Tonfall. Eusebio richtete sich im Bett auf, öffnete Gürtel und Hosenschlitz, zog seine Jeans und den Slip in einem herunter. Und das Hemd zog er über den Kopf aus. Und wie sollte er sich jetzt aus der Affäre ziehen? Ihm fehlte jegliche Inspiration, er war ganz unschuldig, hatte nicht den Deut einer Erektion. Neben ihm lag ein Weib, das ihn wahnsinnig anmachte und zum Anbeißen schön war, barfuß bis zum Hals und zu allem bereit. Und er? Nichts. Wie ein Chorknabe. Und dabei hatte er nicht einmal an Gelu gedacht.

América bemerkte im Halbdunkel, daß jegliche Erregung bei Eusebio völlig verraucht war. Jetzt gab es zwei mögliche Lösungen: Einmal konnte sie sich anziehen und endgültig nach Toledo abhauen, zum zweiten konnte sie es noch einmal versuchen, alles noch einmal auf Anfang, alles noch einmal richtig machen und dabei auf alles Mögliche achten. Es war doch zu blöd: Da war man bis hierher gekommen, und jetzt sollte es ausgehen wie das Hornberger Schießen. Das hätte sie sich nie verziehen, denn wie immer hätte sie sich die ganze Schuld daran gegeben.

Es war kaum zu übersehen, daß Eusebio zu der Sorte der Sensiblen gehörte, die sich leicht beeindrucken lassen. Fast alle Männer, die sie kennengelernt hatte, waren so, oder sie ließ sie so werden. Sie schlang sich um ihn, und er kam ihr jung und zerbrechlich vor. Eusebio vergrub wieder seinen Kopf an ihrem Hals. Jetzt geht das wieder los.

Ich möchte mich an diesem Nardenduft berauschen. Der erinnert mich so an eine saubere Welt, wie ich sie nie gekannt habe, voller Sonne und kühlem, klarem Wasser. Aber ich muß aufhören, daran zu denken, ich darf nur noch an den Hintern unter dem Rock denken, und an die süßen kleinen Titten, wie ich sie im Ausschnitt ihrer Bluse blitzen sehe, und an ihren lächelnden Blick und an die kleine Statue mit dem Knaben, der sich einen Dorn aus dem Fuß zieht. Ich muß mir vorstellen, daß ich sie auf dem Schreibtisch vögle, zwischen dem ganzen Papierkram, und wie das Telefon klingelt und sie es aus dem Fenster schmeißt.

Na also, ein Glück. Jetzt scheinen wir ja endlich zu funktionieren, verdammt …

# Almudena. Die vollkommene Unvollkommene

Almudena lud nur allzugern samstags abends zu sich nach Hause zum Essen ein. Ihre Abendgesellschaften waren wie Parteikundgebungen, voller Begeisterung, Engagement, Hingabe und Tüchtigkeit.

Abendgesellschaften geben war die endgültige Rechtfertigung, für die sie sich so sehr anstrengte, ein schönes, ordentliches Haus zu haben, für die sie sich erlesene Designerklamotten kaufte, Tischdecken, Tafelgeschirr in allen Variationen, Teppiche aus dem Iran und Silber- und Glasgegenstände aus Böhmen, für die sie dienstags und donnerstags ins Fitneß-Studio ging und freitags zum Friseur und zum Peeling.

Almudenas Leben drehte sich um und durch die Abendgesellschaften, die sie samstags zu Hause gab. Am Anfang, das war vor vielen Jahren, als sie gerade frisch mit Jesús verheiratet gewesen war, hatten sie zwanglos zu Abend gegessen, mit Freunden und Verwandten. Das Haus von Almudena und Jesús war das gemütlichste gewesen, das mit dem meisten Platz, und die einen hatten den Wein mitgebracht, andere den Nachtisch, einige hatten sich sogar ans Kochen gewagt. Jesús war Architekt, der Sohn eines Architekten, der wiederum Sohn eines Architekten gewesen war, der ebenfalls Sohn eines Architekten gewesen war. Aber das bedeutete nicht etwa, daß er besonders begabt für die Architektur war. Das Studium war ihm sehr schwergefallen, aber den Anstrengungen seines Vaters und seiner Onkel und seinem eigenen geselligen, offenen Wesen war es zu verdanken, daß er es schließlich doch geschafft hatte. Er arbeitete in dem großen Architekturbüro »De Vega y Bosch Arquitectos«, das er als Sozietät mit zwei Onkeln und zwei Vettern betrieb. Sie bauten große Gebäude, Einkaufszentren in den Hauptgeschäftsstraßen aller großen Städte Spaniens und einiger europäischer dazu, ja sogar auch im Mittleren Osten, wie etwa in Riad oder Kairo. Magda, Almudenas Busenfreundin seit der Schulzeit, sagte, wenn sie an einem riesigen modernen Kasten im Paseo de la Castellana vorbeikamen, immer:

»Ist das von deinem Mann und seiner Verwandtschaft?«

»Ich weiß nicht«, antwortete Almudena dann, »wenn's dich interessiert, schau doch am Haupteingang nach, da steht meistens der Name des Architekten.«

»Da brauche ich nicht nachzuschauen. So fürchterlich, wie das aussieht, ist das bestimmt von denen.«

Almudena mochte Magda sehr, aber sie beneidete sie auch, und zwar aus nicht klar ersichtlichen Gründen. Almudena war groß, ein dunkler Typ, und immer schlank und elastisch, das Gesicht oval, Mund und Zähne tadellos, große dunkle Augen unter dichten Wimpern, dichtes, glattes und seidiges braunes Haar, die Haut leicht olivenfarben und zart. Im allgemeinen trug sie ihre Mähne gebändigt als Zopf, Pferdeschwanz oder hochgesteckt. Magda war rothaarig, ihre Haut weiß und transparent, milchig, übersät mit Sommersprossen, sie hatte grüne Augen, eine Stupsnase und fleischige Lippen, Wimpern und Augenbrauen waren kaum vorhanden, und sie hatte einen unbändigen Hang zum Zunehmen. Ihr krauses rotes Haar war ständig zerzaust, nicht zu bändigen.

Almudena war fasziniert von Magdas rotem Haar, das so lebendig, so lustig war. Sie war fasziniert von ihren lächelnden, verschmitzten Augen und vor allem von ihren Formen. Sie selbst mochte zwar elegant und gut gewachsen sein, aber sie beneidete Magda um ihre runden Formen und ihre schlanke Taille. Almudena war vorne platt und hinten platt, als hätte man sie als Kind lange zwischen zwei Bretter gepreßt. Hier nichts und da nichts. Und als ob das nicht genug Entbehrungen wären, hatte sie nicht einmal Cellulitis. Was sie auch anzog, es stand ihr gut und sah elegant aus, selbst wenn sie sich die Lumpen eines Bettlers übergeworfen hätte. Magda dagegen sah aus, als würde sie sich bei einer humanitären Hilfsorganisation einkleiden, die Kleider an die Armen verschenkt. Aber Almudena beneidete Magda um ihre Lebendigkeit, ihre Energie, ihre Spontaneität und ihre Selbstsicherheit und vor allem darum, daß sie niemals irgendwen beneidete.

Samstags Abendgesellschaften zu geben ist kein leichtes Unterfangen. Dazu bedarf es nicht nur des geeigneten Hauses, der Tischwäsche, des Geschirrs und der Gläser in ausreichender Menge und Vielfalt, eines gut geschulten, tüchtigen Dienstpersonals, nein, Almudena hatte auch jeden Freitag eine Sitzung beim Friseur, im Kosmetikstudio zum Peeling und zur Maniküre, sie mußte dafür sorgen, daß sie das Richtige anzuziehen hatte, daß im Winter genug Holz für den Kamin da war und im Sommer die Beleuchtung im Garten und im Pool stimmte, sie mußte sich darum kümmern, was die Kinder machen würden, die Hunde wegsperren, und mit den Jahren und der Erfahrung hatte Almudena auch gelernt, daß es besser war, die kleinen Gegenstände aus Silber oder aus Porzellan wegzuschließen, weil diese einen geheimnisvollen Hang zum Verschwinden hatten. Die Erfahrung hatte sie auch gelehrt, daß man den Kaffee mit billigen Bahnhofslokallöffelchen serviert, weil den silbernen gerne Flügel wachsen. Und wer wird schon am Ausgang einen Metalldetektor aufstellen, um herauszubekommen, welcher Gauner sie hat mitgehen lassen.

Es gibt hauptsächlich zweierlei Sorten Abendgesellschaften: Man sitzt zu Tisch, oder es gibt ein Buffet. Almudena hatte stets mehr für die Buffetvariante übrig, obwohl das aufwendiger ist: Weil sich so die Leute mehr verteilen, weil es dabei unweigerlich Flecken auf dem Teppich gibt und weil am nächsten Tag die Tische voller Gläserringe sind. Aber auf diese Weise brauchte sie nicht mit anzusehen, wie Jesús wie ein Lkw-Fahrer aß. Dieser Sohn aus gutem Hause, Vater Architekt, Großvater Architekt, Urgroßvater Architekt, hatte weder gelernt, wie man mit geschlossenem Mund geräuschlos aß, noch, wie man Suppe oder Gazpacho ohne Schlürfen zu sich nahm, ganz zu schweigen davon, daß er sich beim Fleischschneiden anstellte wie ein Vogel, der losfliegen will, aber mit den Füßen am Boden festgeklebt ist.

Jesús war reich, stammte aus reichem Hause, das aus reichem Hause stammte, das wiederum aus reichem Hause stammte, aber wie es sich bei einem guten Jungen gehört, hatte sich niemand darum gekümmert, ihm die richtigen Umgangsformen in den Kopf und in den Leib einzutrichtern, die seine beiden Schwestern bis zum Umfallen pflegten. Er war ein gesprächiger Typ, ein richtiges Goldmündchen, brillant und leutselig, verstand unheimlich viel von Malerei. Aber wenn man ihn auf der Straße oder in einer Kneipe sah, hielt man ihn für einen Taxifahrer oder einen Vorarbeiter vom Bau. Almudena kaufte für ihn Hemden von Armani und Anzüge von Jil Sander bei Elena Benarroch, aber das bewirkte gar nichts: Kaum hatte er sie eine Minute lang an, sah das Hemd aus, als wäre es drei Tage lang nicht gewaschen und gebügelt, rutschte ihm die Hose in die Kniekehle, und in den Schuhen von Walter Steiger schlurfte er mit den Absätzen über den Boden.

Wenn das Abendessen am Tisch serviert wurde, machte es Almudena unweigerlich ganz krank, mit anzusehen, wie Jesús Nahrung aufnahm, denn das, was er tat, konnte man unmöglich als »essen« bezeichnen. Aber außer ihr schien niemand daran Anstoß zu nehmen. Wenn man in einem tollen Haus eingeladen ist und toll zu essen bekommt, ist alles, was der Gastgeber tut, toll, so zynisch sind nun einmal die Menschen. Und wenn es ein Buffet gab, dann vermied Almudena es, sich Jesús zu nähern oder ihn anzusehen, obwohl sie bisweilen, dank der Schlürfgeräusche, erahnen konnte, in welchem Teil des Wohnzimmers ihr Mann aß.

Die Absicht, die hinter diesen Abendgesellschaften steckte, war immer eine sehr konkrete, und zwar: den einen einwickeln, den anderen unterkriegen, wieder einen anderen überzeugen und noch einen anderen umschmeicheln. Das Essen an sich hatte überhaupt nicht die geringste Bedeutung, was Almudena, die eine ausgezeichnete Köchin war, anfangs ganz krank gemacht hatte, aber nach zehn Jahren Ehe und samstäglichen Abendgesellschaften hatte sie es eingesehen, und es war ihr egal. Mehr noch: Sie konnte ohne weiteres chinesische Fertiggerichte auftischen oder die gesammelten Reste von der ganzen Woche, und die Gäste – man ist ja unter feinen Leuten – würden sagen: »Hmm, köstlich, Almudena, wirklich ausgezeichnet.« Es kam alles nur darauf an, daß die Speisen ansehnlich und reichlich waren und daß sie in großen Schüsseln gereicht wurden und daß genug Wein zur Hand war. Das war das ganze Geheimnis.

Familienbetriebe bringen es mit sich, daß Geschäftsessen zwangsläufig auch Familienessen sind. Bei Almudena und Jesús gehörten Enrique und Rafael – Jesús' Brüder – und Vetter Ignacio zum festen Inventar, und dann kam es darauf an, welches Geschäft besprochen oder eingefädelt werden sollte: Je nachdem kamen Bankdirektoren, Politiker, Direktoren von großen Firmen, Fernsehkanälen oder Zeitungen, berühmte Anwälte ... Die Liste stellte Jesús zusammen, natürlich, aber Almudena bemühte sich, als Gegengewicht Leute dazu einzuladen, die nichts mit den Geschäften zu tun hatten, nicht einmal mit Jesús, abgesehen von Magda, die sie immer einlud, obwohl die im allgemeinen zu kneifen pflegte, weil für sie solche Abendgesellschaften völlig uninteressant waren und sie sich dabei tödlich langweilte.

An diesem Samstag gab es zum Abendessen ein Buffet mit der Möglichkeit, sich zum Essen in den Garten zu setzen. Die Hitze war schlagartig mit der letzten Juniwoche hereingebrochen. Die Margeriten in den Pflanztrögen, die den überdachten Freisitz säumten und in den Garten hineinreichten, fingen an zu welken, und die Magnolie mußte zweimal täglich mit dem Schlauch abgeduscht werden, als wäre sie ein Mensch. Ihr

Gärtner Abdula, ein Marokkaner mit Berbervorfahren, beschwerte sich ständig bei Almudena über die plötzliche Hitze, die ihm seine sorgfältige Arbeit ruinierte, als ob Almudena über Zauberkräfte verfügte, um das Klima zu verändern. Almudena hatte mit ihrem Personal das große Los gezogen.

Abdula war nicht nur fleißig und in seinen Garten verliebt, er konnte auch noch alles reparieren, was im Haus kaputtging, angefangen beim Heizkessel bis hin zu den Spielsachen der Kinder. Seine Lebensgefährtin Aisha hatte sich als hervorragende Köchin entpuppt, sie war klug, sauber und ordentlich. Die Küche war ihr alleiniges Reich, und nicht einmal Almudena durfte sie ohne ihre Erlaubnis betreten. Wie Abdula war sie groß gewachsen und elastisch, hatte einen dunklen Teint, war fürchterlich stolz und sensibel. Ein lautes Wort, ein Türschlagen oder eine zweideutige Geste, und Aisha brach in Tränen aus. Aber sie ging liebevoll und zärtlich mit Fernando, Javier und Luis, den Kindern von Almudena und Jesús, um. Und dann war da noch Herminia, das Kindermädchen aus Ávila, das sie schon ihr ganzes Leben lang begleitete. Herminia kümmerte sich um die Buben und auch sonst um alles. Außerdem noch Sofía, Herminias Nichte, die jeden Tag für ein paar Stunden putzen kam und deren einziges Bestreben in diesem Leben das war, im Fernsehen bei einem Quiz aufzutreten. Von klein auf hatte Almudena von ihrer Mutter bei jeder sich bietenden Gelegenheit und Ungelegenheit zu hören bekommen: »Das wichtigste, mein Kind, worauf es in diesem Leben ankommt, ist, daß man gutes Hauspersonal findet. Alles andere ist Nebensache, völlig bedeutungslos.«

Für die Abendgesellschaften stellte Almudena Kellner ein: bis zehn Gäste einen, bis fünfzehn zwei und ab zwanzig drei oder vier. Es waren immer die gleichen, und sie kannten sich perfekt aus, im Haus und mit Jesús' Marotten. Die Weinflaschen mußten stets in Reichweite und gut gekühlt in Eiskübeln stehen. Ihm war es egal, ob es sich um auserlesenste Weine mit langer Lagerung handelte: Für ihn hatte Wein eisgekühlt zu sein. »Je besser und teurer der Wein ist, um so kälter muß er sein«, sagte er immer, wenn ein angeblicher Kenner oder irgendein Sommelier versuchte, mit ihm über die Temperatur zu diskutieren, bei der bestimmte Weine serviert werden müßten.

Jesús scherte sich einen Scheißdreck um das, was die Leute über ihn denken könnten, und das verwirrte Almudena sehr. Manchmal verabscheute sie ihn dafür, aber dann wieder beneidete sie ihn richtiggehend darum. Tun oder sagen zu können, was du willst und wann du willst, ohne dir darüber den Kopf zu zerbrechen, was die anderen über dich denken könnten, wie Jesús, das war ein Luxus, der für Almudena unerreichbar blieb. Schon von dem bloßen Gedanken daran wurde ihr ganz übel. Solange sie denken konnte, war ihr Leben darauf ausgerichtet, was die anderen von ihr denken könnten. Angefangen bei ihrer Art zu sprechen und was sie sagte, bis hin zu dem, was sie anhatte, daneben das, was sie für das Haus einkaufte, oder das, was die Kinder anhatten, oder wie sie sich fühlte. Bei einer Feier wurde von ihr erwartet, daß sie fröhlich war, und bei einer Beerdigung hatte sie traurig und verweint zu sein. Erwartet wird auch, daß man sich für Dalí und Picasso begeistert und daß man nach dem Genuß eines zum Gähnen langweiligen Liederabends mit Montserrat Caballé verzückt ausruft: »Ist es nicht wunderbar? Diese Stimme!«

An diesem Samstag mit Abendgesellschaft und Buffet für fünfzehn bis zwanzig Personen fühlte Almudena sich niedergeschlagen und besorgt. Ihr mittlerer Sohn, Javier, war zu Mittag nach dem Fußballspielen mit seinen Freunden mit 38° Fieber heimgekommen. Am Telefon hatte der Kinderarzt gesagt, sie solle ihm etwas zum Fiebersenken geben, ihn ins Bett stecken und ihm viel zu trinken geben. Am Nachmittag würde er ihn sich dann anschauen kommen. Aber es war schon halb acht, und der Doktor ließ sich nicht blicken, und Javier bekam, sobald die Wirkung des fiebersenkenden Mittels nachließ, wieder hohe Temperatur. Der Große, Fernando, war übers Wochenende bei seinem Cousin in Valdemorillo, und Luis hatte sie seinen Großeltern aufgehalst, weil sie fürchtete, daß das, was

Javier hatte, ansteckend sein könnte. An diesem Nachmittag war Almudena müde. Seit dem Obst und dem Joghurt zum Frühstück hatte sie keinen Bissen zu sich genommen, und jetzt hatte sie ein Gefühl der Leere im Bauch, bei dem es sich auch um das Prämenstruelle Syndrom handeln konnte.

Nachdem sie geduscht hatte, zog sie sich ihren Bademantel an und ging in Javiers Zimmer. Der Junge, der in vierzehn Tagen zwölf Jahre alt werden würde, döste, und sein dunkles, lockiges Haar war zerzaust. Sie faßte ihm an die Stirn: sie glühte. Sie ging ins Bad und hielt ein paar Gästehandtücher unter kaltes Wasser, setzte sich ans Bett und legte sie ihm auf die Stirn.

»Javier, schläfst du?«

Als er etwas Kaltes spürte, legte Javier seine Hand an die Stirn und öffnete die Augen:

»Mama, wie spät ist es?«

»Halb acht vorbei. Du mußt Wasser trinken, und jetzt werde ich dir dein Tütchen mit dem Pülverchen geben, und dann geht dein Fieber runter.«

»Ich bin mit Javi verabredet. Wir wollen ins Kino.«

Javi war seit der Vorschule sein Busenfreund. Javi und Javier. Diese Freundschaft hatte es bewirkt, daß niemand in ihrem Hause Javiers Namen abkürzte, weil es ja sonst zu Verwechslungen hätte kommen können. Und das wiederum hatte dazu geführt, daß, obwohl die beiden fast gleichaltrig waren – Javi war knapp einen Monat älter –, Javier viel reifer und erwachsener wirkte und Javi gegenüber ein fast väterliches Verantwortungsgefühl an den Tag legte. Javier war von den drei Brüdern derjenige, der am meisten nach Almudena kam. Das Haar genauso seidig, die gleiche Adlernase, der gleiche olivfarbene Teint und die gleiche ovale Gesichtsform. Nur den großen Mund und die fleischigen Lippen hatte er von Jesús.

Während Javier das Glas mit dem Fieberpulver austrank, ging es Almudena durch den Kopf, daß ihr Körper von ihr forderte, sie sollte Javier in eine Decke wickeln und mit ihm in ein Krankenhaus fahren, damit ihn sich richtige Ärzte anschauten.

Und natürlich sollte sie die Abendgesellschaft Abendgesellschaft sein lassen. Nicht daß der Kinderarzt kein vertrauenswürdiger Arzt wäre, nach so vielen Jahren. Er war eigentlich ein Freund. Aber er neigte dazu, alles in aller Ruhe anzugehen. Was dein Körper von dir verlangt, Almudena wußte es nur zu gut, ist eine Sache, und was anderes, was ganz anderes, ist das, »was man tun muß«.

»Laß mich mal in deinen Hals gucken. Tut er weh?« fragte Almudena, während sie dem Jungen mit einem Löffel die Zunge herunterdrückte. Die Mandeln waren schön sauber, und das bereitete ihr fürchterliche Sorgen.

»Im Hals ist nichts zu sehen. Hast du Bauchweh?«

Javier schüttelte den Kopf. Seine Augen glänzten ungewöhnlich hell.

»Ich glaube, daß es vom Fußballspielen kommt. Ich bin müde.«

»Man wird nicht vom Fußballspielen krank, Javier. Na ja, schlaf mal ein bißchen, und dann wollen wir sehen, ob der Onkel Doktor dich anschauen kommt.«

Sie hauchte dem Jungen einige Küsse auf die Augen und auf den Mund, deckte ihn zu und ging zurück in ihr Zimmer.

Aus der Besorgtheit wurde mehr und mehr panische Angst. Den ganzen Winter über hatte es Fälle von Hirnhautentzündung gegeben. Fernando und Luis waren geimpft, weil man in ihrer Schule aufgrund eines gutartigen Falls während des Schuljahrs beschlossen hatte, alle Schüler impfen zu lassen. Aber Javier war in einer anderen Schule, und Almudena wußte nicht mehr, ob er geimpft war oder nicht.

Sie war gerade halb angezogen, als es an der Haustür klingelte. Hastig schlüpfte sie in eine Hose und ein T-Shirt und rannte die Treppe hinunter.

»Ach, du bist's«, sagte sie enttäuscht, als Jesús vor ihr stand. Er war völlig durchgeschwitzt und als Tennisspieler verkleidet, mit Stirnband und allem.

»Was ist denn los? Das ist mir vielleicht eine Begrüßung, verdammt noch mal. Hast du etwa Robert de Niro erwartet, hä?«

»Ich warte auf den Arzt. Der soll nach Javier sehen.«

»Hat der denn immer noch Fieber?«

»Wenn er die Medizin nimmt, geht's runter, aber dann geht's wieder rauf wie wild. Wenn der in einer halben Stunde noch nicht da ist, fahr ich mit dem Kind in die Notaufnahme.«

Jesús sah auf seine Wanduhr, die er am Handgelenk trug.

»Und das Abendessen?« Sofort bereute er es und setzte hinzu: »Wahrscheinlich wird er gleich kommen. Es ist ja noch früh.«

Almudena hatte sehr wohl bemerkt, was Jesús jetzt noch ganz schnell aus der Welt schaffen wollte.

»Das Abendessen ist fertig, und alles ist bereit. Aber ich werde mir nicht den ganzen Abend mit ansehen, wie Javier da mit hohem Fieber liegt. Da kannst du Gift drauf nehmen.«

»Klar, keine Frage. Ich gehe duschen.«

»Schau unterwegs schnell mal bei dem Jungen rein und gib ihm einen Kuß.«

»Und wenn's ansteckend ist? Am Ende ist es Mumps. Du weißt doch, daß ich keinen Mumps hatte. Und als Fernando damals Mumps hatte, da hat der Arzt darauf bestanden, daß ich verreisen mußte.«

Almudena hatte ein Gefühl, als würde ihr eine Faust in die Magengrube gerammt. Sie sagte nichts und machte sich auf den Weg in die Küche. Sie hatte größte Lust, Jesús die Fresse zu polieren oder ihn an die Wand zu rempeln und wie eine Mücke zu zerdrücken.

Die Türklingel bewahrte Jesús vor einem unwürdigen Tod.

»Das muß der Arzt sein«, sagte Almudena.

»Oder die Ullas. Die haben ja die schlechte Angewohnheit, immer zu früh aufzukreuzen, um noch mal eben schnell Tischfußball zu spielen.«

Abdula lief hastig zur Tür und knöpfte dabei seine weiße Kellnerjacke zu. In seinem Kielwasser hatte er Tequila, einen schwarzen Labrador, der ihm wie hypnotisiert überallhin folgte.

Almudena hörte das unerträgliche Gurren von Marta Ulla, wie diese Abdula begrüßte, und das Lachen ihres hünenhaften

Mannes Rodrigo und seines Zwillingsbruders Pedro. Die drei lebten zusammen und gingen überall zusammen hin, wie Los Panchos. Das Gerücht, daß sie ein Ménage à trois führten, hielt sich hartnäckig.

»Wenn du diesen Schwachköpfen nicht augenblicklich sagst, daß es eine Unart ist, so viel zu früh zu kommen, dann sage ich es ihnen. Sie regen mich maßlos auf«, sagte Almudena mit Grabesstimme und versuchte, die Treppe hinauf zu entkommen.

»Ach, Frau, die sind halt so. Was soll ich da machen?«

»Bring sie um. Ich halte sie nicht aus, ehrlich.«

»Aber was hast du denn?«

»Hallo, ihr Lieben. Du siehst ja göttlich aus, Almu. Jesús, mein Leben, ich muß euch den neusten Architektenwitz erzählen. Genial, sag ich euch. Abdula, mein Schatz, mach mir doch einen Dry Martini. Ich bin nämlich wie gerädert. Ihr habt ja gar keine Ahnung, was das für ein Verkehr ist, hier in dieser verrückten Stadt.« Marta wirkte wie ein Kanarienvogel in einem Anfall von Hysterie.

»Ich bin gleich bei euch. Jetzt muß ich mich noch schnell zurechtmachen. Ihr seid ja auch wieder so früh da ...«, sagte Almudena und rannte die Treppe hinauf.

»Der frühe Vogel fängt den Wurm, Almudena!« sagte Rodrigo und prustete dabei wie ein Wal. So lachte er eben immer.

# Wie sie in ihrem Unglück schmoren (I)

Gelu hatte Rückenschmerzen. In jeder Hand trug sie zwei Einkaufstüten von Gamma, zum Bersten voll mit Dosen und Fertiggerichten. Und auch mit diesem verdammten Gemüse. Eusebio war der Meinung, daß er nicht gegessen hatte, wenn es kein Gemüse gegeben hatte. Grüne Bohnen, Mangold, Artischocken, Disteln, Spinat, Steckrübenblätter, Weißkohl, egal was. Gelu hatte nichts gegen Gemüse, wenn es erst einmal auf dem Teller lag. Das Problem war, daß man es gewissenhaft waschen, schneiden, kochen und anschmoren mußte, und all dies kostete eine Zeit und eine Energie, die Gelu, ehrlich gesagt, nicht bereit war, der Küche zu opfern.

Auch ihre Mutter hatte keinen Spaß daran, »Grünzeug«, wie sie zu Gemüse sagte, zu kochen, und außerdem hielt sie es für Arme-Leute-Essen. Nach dem Krieg war es das einzige gewesen, was man zwischen die Zähne bekam. Kartoffeln und Weißkohl, Weißkohl und Kartoffeln. Wenn man Schinken und Hähnchen essen konnte, war es doch eine Sünde, daß man Stunden damit zubrachte, Spinat zu waschen, fein zu hacken und zu dünsten. So dachte Angelines, und so hatte sie es ihren drei Kindern Gelu, Pedro und Sebastián beigebracht. Natürlich kam Doña Angelines nie von ihren zweiundachtzig Kilo runter, da konnte sie noch so viele Ärzte aufsuchen, um abzunehmen. Alle sagten ihr das gleiche: »Señora, Sie müssen mehr Mangold und weniger Schweineschnitzel essen, mehr Salat und weniger Schinken. Ihnen und Ihrem Mann kommt ja das Cholesterin schon aus den Ohren, und Sie werden beide bald vor Triglyceriden platzen.« Ihr aber ging das Gerede zum einen Ohr rein und zum anderen raus.

Gelu stellte die Tüten, die sie in der rechten Hand trug, auf dem Boden ab und drückte auf den Knopf an der Aufzugtür. Es war kein Geräusch zu hören. Bestimmt haben die im Vierten wieder was in die Tür gestellt, um Koffer und Pakete rauf und runter zu schaffen, wie immer. Endlich hörte sie ein Türschlagen und das dumpfe Brummen des Aufzugmotors, der den Kasten langsam nach unten in Gang setzte. Instinktiv ging sie beiseite und zog die Tüten von der Tür weg. Es war kaum zu glauben, wie sie, seit sie schwanger war, immer vorsichtiger geworden war. Sie schaute nach links und rechts, bevor sie die Straße überquerte, ging überhaupt nur noch beim Zebrastreifen rüber, rannte nicht die Treppen hinunter, und neulich hatte sie glatt den Bus verpaßt, weil sie nicht über die Straße gespurtet war. Dabei tat sie das alles nicht etwa mit Bedacht: Es kam einfach so aus ihrem Inneren.

Der Aufzug blieb mit einem »Flop-Flop« stehen, und die Tür ging auf. Zum Vorschein kam der Transvestit in Männerkleidung: Jeans, T-Shirt und Lederjacke. Er war mit einem riesigen Koffer beladen.

»Ach, Gelu, Schatz, du bist hier. Tut mir leid, daß ich dich habe warten lassen, aber ich muß dieses ganze Zeug hier mitnehmen. Das ist meine Garderobe für die Tournee, weißt du? Gott, Mädchen, du bist heute aber auch nicht schlecht beladen. Wie ein Packesel. Komm, ich helf dir, Liebes.«

»Danke. Hallo. Nein, bemüh dich nicht. Ich komm schon ganz gut zurecht. Du verreist? Hast du ein Glück.«

»Nur für vier Tage, nach Extremadura, mein Kind. Drei Vorstellungen. Na ja, ein Tropfen auf den heißen Stein. Und du, Mädchen, paß auf dich auf: Du hast Ringe unter den Augen. Arbeite nicht so viel, mein Schatz.«

Als sie die Tüten in den Aufzug geschafft hatte, drückte Gelu auf den Knopf für den dritten Stock. Ach, wäre das schön: im Showbusineß, sich kräftig schminken, Federn, Goldglitter und riesige Blumenapplikationen am Fummel, hochhackige Schuhe anziehen und singen, selbst wenn es Playback ist. Und wenn man von Zeit zu Zeit sagen könnte: »Tut mir leid, mein Schatz, aber jetzt habe ich gar keine Zeit. Ich habe nämlich drei Vorstellungen in Albacete.«

Statt dessen mußte sie sich jetzt daran machen, den verdammten Scheißspinat zu entsanden.

Eusebio war heimgekommen und direkt unter der Dusche verschwunden. Als Gelu das Essen auf den Tisch brachte, tauchte er wieder auf, eingehüllt in einen abscheulichen violett und grau gestreiften Bademantel, den ihm Doña Angelines letztens zu Weihnachten geschenkt hatte.

»Sag mal, du duschst doch sonst nicht um diese Zeit?« sagte Gelu und steckte sich eine Gabel voll Spinat in den Mund. »Der schmeckt ja immer noch nach Sand.«

»Was ist?« fragte Eusebio mit vollem Mund.

»Der Spinat, dieses Scheißzeug. Den kannst du waschen und noch mal waschen, dann kochst du ihn, schwitzt ihn in einer Pfanne mit viel Knoblauch an, und das Mistzeug schmeckt immer noch nach Sand.«

»Was hast du denn? Der schmeckt doch lecker.«

»Gemüse schmeckt nie lecker. Eis, Torte, Baisers sind lecker. Gemüse kann höchstens einigermaßen schmecken, eben eßbar.«

»Na schön. Du bist schlecht drauf. Hast du schon das Ergebnis von dieser Amniodingsbums, die die neulich bei dir gemacht haben?«

»Amniozentese. Ja. Negativ.«

»Ach, du Scheiße.«

»Man sagt auch nicht ›Ach, du Scheiße‹ in einem solchen Fall. ›Ach, du Scheiße‹ sagt man, wenn ich erfahren hätte, daß ich ein behindertes oder schwachsinniges Kind austragen würde. Also wenn der Test positiv ausgefallen wäre.«

»Wenn ein Test positiv ausfällt, dann ist das was Gutes. Dann war der Test also positiv?«

»Nein, mein Herr. Das Testergebnis war negativ. Und weil es negativ ausgefallen ist, heißt es eben nicht ›ach, du Scheiße‹, sondern ganz im Gegenteil.«

»Du machst dich über mich lustig, Gelu. Und das gefällt mir überhaupt nicht.«

»Komm, geh mir nicht auf den Geist ... Was sind das eigentlich für Sachen, daß du um diese Zeit duschst?«

»Ich muß noch mal los. Muß einen Kunden irgendwo hinfahren, auf ihn warten und ihn wieder nach Hause bringen. Ich weiß also nicht, um wieviel Uhr ich zurück sein werde.«

»Ein Kunde. Was für ein Kunde?«

»Was weiß ich. Ein Ausländer, glaub ich.«

»Soso. Ein Ausländer. Ganz bestimmt. Ein Chinese wird es sein.«

»Weiß ich doch nicht, ob das ein Chinese oder ein Japaner ist. Ich habe ihn noch nicht zu Gesicht bekommen.«

»So. Und weil du einen Chinesen oder einen Japaner fahren mußt, wo die doch nur rohen Fisch essen und stinken, da duschst du extra. Du glaubst wohl, ich bin auf den Kopf gefallen, oder?«

»Meine Mutter hat an den Spinat immer Pinienkerne getan, und das hat richtig lecker geschmeckt.«

»Jetzt kommst du mir wieder mit deinem lecker, verdammte Scheiße. Ich bring dich um, Eusebio. Mensch, ich halt das nicht mehr aus mit dir.«

Gelu war abrupt aufgestanden, und der Stuhl war hinter ihr umgekippt und auf den kleinen Tisch gefallen. Sie hatte mit beiden Händen nach der Schüssel mit dem Spinat gegriffen, gerade als Eusebio sich das bißchen, das noch übrig war, nehmen wollte, und mit dieser heftigen Handbewegung hatte Gelu den Wasserkrug umgestoßen, der auf dem Boden in tausend Stücke zerbarst. Es gibt nichts wie die Splitter von Duralex, wenn so ein Gefäß richtig kaputtgeht.

Eusebio sah sie verblüfft an und hielt den Schöpflöffel in der Hand.

»Aber ... aber. Siehst du, was du gemacht hast? Bist du übergeschnappt?«

»Kann sein. Aber lieber übergeschnappt als so ein Arschloch wie du. Du bist nämlich ein Arschloch. Und ein Schwein.«

Gelu packte einen Besen und eine langstielige Kehrschaufel, als wäre es ein Gewehr mit abgesägtem Lauf.

»Paß auf, daß du dich nicht schneidest«, sagte Eusebio und hatte immer noch den Schöpflöffel in der Hand.

»Paß du lieber auf, daß ich dir nicht die Eier abschneide. Und das andere gleich dazu. Und zwar mit einer Duralex-Scherbe. Du elendiger Scheißkerl, du Arsch.«

Eusebio erhob sich und bedeckte instinktiv seine edlen Teile, indem er seinen Bademantel unten zusammenraffte. Er trat ein paar Schritte zurück, damit Gelu ihm nicht mit dem Besen, den sie schwang, über die nackten Füße fuhr.

»Genau: Bedeck nur deine Blöße und geh zum Teufel. Geh doch und vögle, mit wem du willst. Von mir aus kannst du dir den Schwanz in einem Mörser aus Beton zerstoßen.«

»Gelu, du bist ja hysterisch.«

»Weißt du, was ich dir sage, Eusebio Jesús González Fernández?«

Das hatte sie in einer Soap aus Venezuela gehört, wie man jemanden mit all seinen Vor- und Nachnamen anspricht. Eine der Schauspielerinnen sprach immer, wenn sie auf jemanden wütend war, denjenigen mit all seinen Vor- und Nachnamen an, und Gelu gefiel dieser Klangeffekt. Na ja, die Venezolaner hießen ja auch Julio Alberto Cristino-José Fernández Chinarro Godoy, und das hörte sich viel schöner und nachdrücklicher an.

»Wenn du jetzt durch diese Tür gehst, um deinem Chinesen, deinem Japaner oder der Regimentshure zu Diensten zu sein, dann sieh mich gut an. Denn das wird das letzte Mal sein, daß du mich in deinem verdammten Scheißleben sehen wirst. Hast du gehört?«

# Wie sie in ihrem Unglück schmoren (II)

Eusebio setzte sich ans Steuer seines Taxis und versuchte, nicht an Gelu zu denken. Aber ihm war nicht wohl in seiner Haut. Die freudige Erregung, die ihn beim Duschen und beim Rasieren beherrscht hatte und die ihn jedesmal packte, wenn er zu einer Verabredung mit América fuhr, wich nach und nach einem fürchterlichen Gefühl des Unbehagens. Er fühlte sich schuldig. Es hatte überhaupt keinen Grund dafür gegeben, daß er so grob zu ihr gewesen war, daß er die Tür zugeknallt hatte, für die Ungeduld, die ihm den Magen zuschnürte. Er fühlte sich schlecht, weil er wußte, daß er ungerecht und egoistisch gewesen war. Er konnte sich anstrengen, wie er wollte, aber das körperliche Unwohlsein ließ sich nicht abschütteln. Das Abendessen hüpfte in seinem Magen auf und ab wie in einem makabren, eintönigen Tanz: »Du bist ein Schwein, du bist ein Schwein, du bist ein widerliches Schwein.«

An einer Ampel sprühte er den Innenraum des Wagens mit einem Raumluftspray aus: Lavendelduft. Dann sah er nach, ob die Aschenbecher schön sauber waren. Es war eine dieser Ampeln an der Einmündung einer kleinen Seitenstraße in eine Hauptverkehrsader, an denen die Rotphase eine Ewigkeit dauert und die Grünphase in Null Komma nichts wieder vorbei ist, so schnell, wie ein Karnickel rammelt.

Er sah sich im Rückspiegel an und entdeckte in seinem eigenen Blick lauter Beklemmung und Gewissensbisse. Gewiß:

Gelu hatte seit einiger Zeit den Reiz verloren, den sie in der ersten Zeit ihrer Ehe für ihn gehabt hatte. Gewiß: Es hatte ihn unheimlich hart getroffen, daß sie schwanger geworden war, und er hatte nicht wirklich daran denken wollen, weil er eine Heidenangst davor hatte, Vater zu werden oder durch ein ständig quäkendes Baby an Gelu gebunden zu bleiben. Gewiß: Er hatte ernsthaft überlegt, ob das Kind überhaupt von ihm war, um so die Verantwortung loszuwerden. So viele Gewißheiten ... Warum fühlte er sich dann so schuldig und durcheinander? Seine Geschichte mit América – Wie konnte jemand nur so heißen: Ich vögle mit América, América vögelt wie ein junger Gott – brachte ihm seinen ganzen Lebensplan durcheinander.

América war eine Frau, die ihm eigentlich nicht sonderlich lag. Mehr noch: Wenn er an sie dachte, dann sah er sie vor sich wie eine eingebildete Ziege, so halb Hautevolee, und ihr Name – einfach saublöd, unmöglich. Aber kaum tauchte sie in voller Größe vor ihm auf, machte sich sein Schwanz selbständig. In irgendeiner Zeitung hatte er einmal in einem Artikel gelesen, daß eigentlich das Gehirn über die Sexualorgane bestimmt und daß diese Sklaven des ersteren sind. Aber bei ihm war es umgekehrt. Entweder sein Schwanz hatte von dieser Theorie nichts mitgekriegt, oder er war ein Rebell, der sich weigerte, Befehlen zu gehorchen, die von einem Ding kamen, das so weit weg war von ihm.

Allerdings hatte die Anziehung, die von América auf seinen so eigensinnigen Schwanz ausging, ihm bis heute noch keine Probleme bereitet, bis jetzt jedenfalls nicht.

Diese Art von Bauchgrimmen, von Unbehagen war etwas Neues für ihn. Er ertappte sich selbst dabei, wie er an Gelu mit einer gewissen Zärtlichkeit dachte, und an sich selbst mit Beklemmung. So was hat die Welt noch nicht gesehen.

Ihm war das bisher zum ersten Mal passiert, seit er Taxi fuhr, aber einige seiner Kollegen zogen immer mal wieder Kundinnen über den Grill, wenn die in Schußweite kamen, und sie redeten ganz locker, munter und fröhlich darüber. Und keinen hatte er sagen hören, daß sie sich den Kopf mit Schuldgefühlen und sonstigem Quark zerbrachen.

An der letzten Ampel vor Américas Hauseingang fiel ihm siedendheiß und voller Schrecken ein, daß er vergessen hatte, sich nach der Dusche mit Deo einzusprühen.

Mein Gott, was ist das Leben doch anstrengend!

# Wie sie in ihrem Unglück schmoren (III)

América sah auf die Uhr. Zwölfeinhalb Minuten Verspätung hatte Eusebio schon. Unglaublich. Wenn es um Pünktlichkeit geht, kannst du dich kein bißchen verlassen auf so einen Scheißtaxifahrer, der sich beim Aussteigen den Hosenbund hochzieht, als wollte er seinen Schwanz noch eben leicht durchschütteln. Ein verschwitzter Scheißtaxifahrer, der so tut, als könnte er vögeln wie ein junger Gott.

Sie konnte nicht in die Richtung schauen, aus der die Autos kamen. Sie sah angestrengt in das Schaufenster der Schreibwarenhandlung, die neben ihrem Hauseingang war. Es herrschte eine merkwürdige Kälte, die in krassem Gegensatz zur Hitze des Tages stand. Und sie, blöd wie sie war, hatte ein Röckchen an, das ihr gerade mal über den Hintern ging, superfeine Strümpfe und unmenschlich hohe Absätze. Aber sie wollte nicht im Hauseingang warten. Ihr schlechtes Gewissen und ihre Paranoia hatten ihr den Floh ins Ohr gesetzt, daß der Schwachkopf von einem Hausmeister mitbekommen könnte, daß immer derselbe Taxifahrer aufkreuzte, »jedesmal, wenn Señorita América ein Taxi gerufen hat«. Dabei war es in Wirklichkeit so, daß für eine derartige Schlußfolgerung im Gehirn des Hausmeisters erst einmal eine außergewöhnliche Kette von Schaltungen zwischen Neuronen in Gang kommen müßte. Und das Gehirn des Hausmeisters war sehr begrenzt, keine Zufahrten oder Ausfahrten wie bei einer Autobahn. Aber Paranoia ist nun einmal Paranoia.

Und América fühlte, wie dieser Eusebio, dieser Taxifahrer, sie um die Kontrolle über einen Teil ihres Lebens brachte. Genaugenommen den sexuellen Teil. Es ist was völlig anderes, ob du es mit einem Kerl treibst, wo und wann du willst, weil dir danach ist, als wenn dir danach ist, es ständig, egal wo, mit ihm zu treiben, und dir jede Ausrede recht ist.

Kurzum, es war eine Verwirrung und ein Verlust der Beherrschung, wie sie sich ganz und gar nicht für eine Geschäftsfrau gehörte, für eine Unternehmerin, für eine verantwortungsbewußte Mutter, für eine Frau, die es wirklich und wahrhaftig fertiggebracht hatte, ihren lieben kleinen Ehemann auf die verdammte Straße zu setzen, weil sie es satt gehabt hatte, daß der ihr ständig Hörner aufsetzte.

Na schön, hier stehe ich also, durchgefroren, mit besten Aussichten auf eine Blasenentzündung, und sehe mir die Preise für Leuchtstifte und Tusche an und warte auf einen blöden Kerl aus der Unterschicht, der mich abholen und zu meiner Exschwägerin fahren soll, die mich früher nicht ausstehen konnte und mich jetzt vergöttert und mich zu ihren berühmten Abendgesellschaften einlädt, die ich nicht absagen kann. Obwohl es ja ganz schön leicht gewesen wäre: Du weißt gar nicht, wie leid es mir tut, Almudena, aber ich muß verreisen, nach Barcelona oder nach Logroño oder nach Rom. Na ja, Almudena nimmt immer alles sehr genau, und wenn du zu der sagst, daß du ins hinterste China fährst, dann bittet sie dich sofort, du sollst ihr bitte den Gefallen tun und ihr irgendwas von dort mitbringen, und das ist dann immer etwas ganz Konkretes, sehr teuer und furchtbar schwer zu bekommen.

Und bevor sie bei Almudena ankommen, gibt es bestimmt noch eine kleine Nummer im Taxi, und wahrscheinlich danach, auf der Heimfahrt, noch eine. Sie sieht auf ihre Uhr. Dreizehn Minuten. Seit Jahren hatte sie nicht mehr auf der Straße auf jemanden gewartet, und zwar nicht etwa dreizehn Minuten lang, sondern nicht einmal eineinhalb Minuten. Sie betrachtete einen Ausschneidebogen – die gab es also noch, und offenbar kauften die Kinder sie immer noch – und überlegte dabei, ob sie nicht doch abhauen und nach einem richtigen Taxi Ausschau halten sollte. Aber in dem Augenblick hörte sie das trockene, dumpfe Brummen von Eusebios Taxi. Sie sah weiter nach dem Ausschneidebogen, angestrengt und wie hypnotisiert, als wäre es der *Garten der Lüste*. Dabei spürte sie, wie ihre Beine anfingen zu zittern und sie rot wurde. Sie hörte, wie der Wagen stehenblieb, und dann hörte sie ein leises Hupen.

Sie wandte den Kopf und schaffte es, überrascht zu wirken und zu lächeln. Und sie stieg in das Taxi und haßte sich dabei, weil ihr Herz raste wie damals, als sie fünfzehn Jahre alt war.

# Almudena wird entblättert.

Der Arzt kam endlich doch noch, und nachdem er Javier abgehorcht und ihm in den Hals geschaut hatte, sagte er, daß er eine Angina habe, und beruhigte Almudena mehrmals, daß es wirklich nichts Ernstes sei. Aber Ärzte, sogar Ärzte, die noch nach der Medizin der alten Schule vorgehen und den Körper des Patienten mit ihren eigenen Händen untersuchen – nicht so, wie das die modernen Ärzte machen, die einen nicht nur nicht anfassen, sondern nicht einmal ansehen und nur einfach eine lange Latte von Tests und Laboruntersuchungen anordnen und dann ihre Diagnose stellen –, haben nun einmal eine sehr merkwürdige Art zu beruhigen.

»Ganz einfach und traditionell Angina, Almudena«, sagte der Onkel Doktor und stellte dabei ein Rezept mit seinem völlig unleserlichen Gekrakel aus.

»Aha. Aber er hat doch furchtbar hohes Fieber.«

»Mit diesem Fiebersenkungsmittel geht es runter.«

Er hielt kurz inne, während er seine Hieroglyphen fertig auf das Blatt malte. Danach reichte er Almudena das Rezept und fügte hinzu:

»Wenn bis morgen das Fieber so hoch bleibt, dann rufst du mich gleich auf meinem Piepser an, und dann bringen wir ihn ins Krankenhaus.«

Almudena betrachtete das Rezept.

»Das Zeug hier gegen das Fieber habe ich da. Das habe ich

ihm schon gegeben. Davon geht's runter, aber wenn die Wirkung nachläßt, geht's wieder rauf.«

Der Doktor ging ins Bad, um sich die Hände zu waschen, und Almudena folgte ihm.

»Warum bringen wir ihn nicht jetzt gleich ins Krankenhaus? Ich habe gehört, daß zur Zeit in Madrid verstärkt Hirnhautentzündung auftritt. In seiner Schule hat es einen Fall gegeben, ein Mädchen aus der Abschlußklasse.«

»Du kannst beruhigt sein. Ich glaube nicht, daß es Meningitis ist. Die hat neben Fieber andere Symptome.«

Das war so, als hätte er zu Almudena gesagt, zumindest deutete sie es so: »Du bist ja eine ganz schöne Frau, ich finde dich auch ganz nett und habe alle deine Kinder behandelt, seit sie auf der Welt sind, aber jetzt tust du wirklich so, als könntest du klüger sein als ich, und das gefällt mir nicht im geringsten.«

»Gib ihm genau alle sechs Stunden ein Antibiotikum. Nachts weckst du ihn dann eben, wenn's sein muß. Gib ihm viel Vitamin C, viel Flüssigkeit und das fiebersenkende Mittel. Er soll schön schlafen und kräftig schwitzen, und dann wirst du schon sehen, wie es ihm morgen besser geht. Mach dir keine Sorgen.«

Wenn man einem Arzt beim Händewaschen zusieht, hat man das Gefühl, einen Affen dabei zu beobachten, wie er einen Artgenossen laust, oder eine Katze, wie sie sich putzt. Ein gewissenhafter, akribisch und wie unter Hypnose ablaufender Vorgang, der die ganze Aufmerksamkeit dessen, der ihn verrichtet, und dessen, der ihn dabei beobachtet, in Anspruch nimmt.

»Außerdem sehe ich, daß du heute abend das Haus voller Leute hast, und da wäre es eine Schande, wenn ich dir die Feier vermiesen würde.«

Ärzte, dachte Almudena, können außergewöhnliche Menschen und Fachleute sein, wie sie wollen, aber in erster Linie sind sie Kerle und denken wir Kerle.

»Eine von Jesús' Abendgesellschaften.« Als sie dem Arzt ein sauberes Handtuch reichte, sah Almudena ein lustiges, erwartungsvolles Funkeln in seinen Augen. »Du bleibst doch noch und ißt eine Kleinigkeit mit?«

»Gibt's Couscous?«

»Ja, und sonst auch noch einiges.«

»Jaa, wenn es Couscous gibt, dann kann ich nicht widerstehen. Nur ein Augenblickchen, weil ich noch im Krankenhaus vorbeischauen muß. Du weißt doch, daß das Kind von den Calvos im Brutkasten liegt: Es kriegt nicht genug Luft.«

»Ja, die armen Leute, wo die sich doch so auf dieses Kind gefreut hatten.«

»Na ja, und das habe ich auch schon zu Esperanza gesagt, es ist eben ein sehr, sehr großes Risiko, wenn eine Frau mit vierundvierzig Jahren, noch dazu bei ihrem bisherigen Lebenswandel, schwanger wird, da treten fast immer Probleme auf. Und das sage ich nicht aus der Sicht eines Machos, sondern aus meiner Erfahrung als Fachmann.«

»Ja, ist schon gut. Komm, gehen wir runter, und dann kannst du was trinken.«

»Du dagegen: wie eine Eiche. Du könntest sogar Zwillinge bekommen, und die würden auf die Welt kommen wie zwei Holzfäller oder wie Steinquaderheber.«

Almudena verspürte einen unwiderstehlichen Drang, ins Bad zu gehen, um dort ein wenig zu weinen und ein Aspirin zu schlucken, damit sie sich wieder einer Welt voller Leute aussetzen konnte, die ihr auf die Nerven gingen.

»Macht es dir was aus, wenn du alleine runtergehen mußt? Du kennst ja alle. Ich habe etwas in meinem Zimmer vergessen.«

»Na, ich bitte dich. Mach dir keine Sorgen um mich. Außerdem bleibe ich ja nur wegen dem Couscous, das wollen wir mal festhalten. Und was den Jungen angeht: ganz ruhig. Der hat nichts Ernstes.«

Almudena sah sich im Spiegel an, der im Bad die ganze Wand über den Waschbecken einnahm. Das schwarze Kenzo-Kleid, schön kurz und eng anliegend, mit halblangen Ärmeln und asymmetrischem Ausschnitt stand ihr gut; wem auch nicht? Es war ein Wunder an Design und Schlichtheit.

Genau das richtige für ein Essen zu Hause: nicht zu lässig, nicht overdressed. Sie sah sich im Spiegel wie ein Foto aus einer Modezeitschrift, das den Leserinnen zeigt, wie frau sich zu kleiden hatte, wenn sie zu Hause Gäste erwartete. Da fehlte auch nicht die geringste Kleinigkeit: die winzigen Ohrstecker aus geschliffenen Perlen, die dazu passende Halskette, das glänzende Haar ganz natürlich zusammengehalten, das Make-up in zarten, aufeinander abgestimmten Rosatönen.

Ganz ruhig. Der Junge hat nichts Ernstes, aber ich glaube, du schon. Sie sprach mit ihrem Bild, das ihr aus dem Spiegel entgegensah, und deutete mit ihrem Finger darauf. Ich weiß auch nicht, warum ich so beunruhigt bin, so unzufrieden und so ... ja, so ... Genau, das ist es: Ich hab's satt. Satt.

Sie war kein bißchen überrascht, als sie Magda hinter ihrem Spiegelbild auftauchen sah.

»Almudena, führst du Selbstgespräche? Jesús hat mir gesagt, daß Javier ein bißchen kränkelt.«

»Angina.«

Almudena fing an, sich die Hände zu waschen. Sie ging dabei mit bedächtiger Sorgfalt vor, genauso wie sie es gerade beim Arzt beobachtet hatte. Magda frischte ihr Make-up auf, das ohnehin schon zu dick aufgetragen war. Und sie benutzte dazu die Pinsel und die Farben ihrer Freundin.

»Was sagst du zu dem Hosenanzug, den ich bei Emporio im Schlußverkauf erstanden habe?«

Magda hatte eine Hose und eine Jacke aus auberginefarbener glänzender Seide an. Der Hosenanzug sollte so aussehen wie ein weiblich geschnittener Smoking, aber eigentlich ganz nüchtern. Obwohl er aus irgendeinem unerfindlichen Grund an Magda aufgedonnert und glitzernd aussah, wie jemand, der in einer Zirkusmanege auftritt.

»Wunderschön. Und er steht dir wie für dich gemacht. Nein, kein Make-up mehr, du siehst göttlich aus, Magda.«

»Na, hör mal, ein bißchen Rouge schadet doch niemandem, und dieser Lippenstift, den du da hast, der ist ja die wahre Pracht. Ich hab heute Lust, was aufzureißen. Mal sehen, ob heute was für mich da ist. Obwohl das ja bei dir zu Hause nicht einfach ist. Hast du irgendwen Neues eingeladen oder nur dieselben Langweiler wie immer? Kommt dein kleiner Bruder, oder ist der wieder wie immer in Timbuktu?«

»Wenn ich ganz ehrlich sein soll, weiß ich es nicht. Bei dem weiß man das nie. Heute sind die Ehrengäste, glaube ich, alles Frauen. Anwältinnen, Public-Relations-Frauen und so.«

»Wie schön. Also noch mehr Konkurrenz. Ich meine nur, falls dein Bruder Carlos auftaucht.«

»Magda, mein Bruder ist ein Schuft, ein Nichtsnutz, ein Schuß in den Ofen, eine Gefahr für die Allgemeinheit, das weißt du nur zu gut. Dem solltest du dich nicht einmal nähern, um ihn nach der Uhrzeit zu fragen. Los, laß die Schminksachen stehen und komm mit was trinken.«

»Dein Bruder ist ein Nichtsnutz, aber zum Anbeißen, Almu. Und jetzt, wo er so gut wie frei ist, muß ich es einfach versuchen. Ich will mich ja nur mal eben mit ihm im Bettchen wälzen, sonst gar nichts.«

Von den zehn Frauen, die heute bei Almudena zu Abend aßen, trugen acht das gleiche Kleid: schwarz, aus samtartigem Lycra, hauteng, Rock bis knapp unter dem Hintern, mehr oder minder ausgeprägter Ausschnitt.

»Ihr seht aus wie die Mädchen von einer Gesangsgruppe oder wie Hostessen bei einem Bestatterkongreß«, sagte Rodrigo Ulla zu seiner Frau Marta.

»Ja und, was soll da dran sein? Ihr Männer habt ja auch immer dasselbe an: denselben dunklen Anzug, dasselbe Hemd. Veränderlich ist an euch nur die Krawatte, und ihr findet das gut«, erwiderte Marta. Und dann gab sie ihm einen Klaps auf die Hand und fügte hinzu: »Sei doch nicht so ordinär und iß nicht mit den Fingern, verdammte Scheiße.«

»Was hast du denn? Jetzt wär mir gerade fast der Teller mitten auf den Teppich gefallen. Die Mauren essen Couscous mit den Fingern, anders geht's gar nicht. Von der Gabel fällt dir ständig alles wieder runter, und du wirst nie fertig.«

»Fällt runter ... fällt runter ... Dir fällt in letzter Zeit wirklich alles runter, mein schöner Mann.«

»Du, Marta, jetzt leg dich mal nicht an mit mir, bloß weil ich das mit den schwarzen Kleidern gesagt habe. Schließlich habe ich dir zu Hause noch gesagt, daß mir dieses Kleid, das du anhast, überhaupt nicht gefällt und daß du es ständig anziehst, zu jeder Gelegenheit.«

»In einem schwarzen Kleid kannst du dich überall sehen lassen, aber jetzt ist das in Mode, und Gott und die Welt hat so was an. Da kann man nichts machen. Jedenfalls kann ich dir versichern, daß von allen schwarzen Kleidern, die hier rumlaufen, das teuerste und das einzige mit Vor- und Nachnamen meines ist.«

»Na, das von Almudena sieht aber sündhaft teuer aus, wohl von Versace.«

»Ha! Von Versace. Du sagst vielleicht Sachen. Es ist einfach so, daß Almudena vom Typ her ganz sagenhaft aussieht, und wenn eine immer als Frau Herzogin durchgehen könnte, dann kann sie sich den letzten Schlußverkaufsramsch von Pryca überwerfen, und es sieht aus wie Designerklamotten.«

»Wer ist denn die lange Latte da, die unablässig mit Jesús plaudert? Kennst du die?«

»Das ist Inés, die Anwältin, eine Cousine von Almudena, und zwar von der Rodríguez-Gran-Seite her. Kennst du die nicht mehr? Die war eine Zeitlang weg, weil sie sich hat scheiden lassen, glaube ich.«

»Ach ja, jetzt komm ich drauf. Aber die war mir nie so groß vorgekommen.«

»Siehst du? Schwarz verleiht Stil. Dir mag es ja nicht gefallen, aber es ist unheimlich vorteilhaft. Es macht uns größer und schlanker.«

»Schade, daß es euch nicht auch noch gleich klüger und freundlicher wirken läßt.«

»Hör endlich auf zu essen, du Arsch, du bist ja bald fett wie ein Walroß. Irgendwann platzt du noch vor lauter Fett, du Trottel. Ich brauch noch ein Glas, sonst ertrage ich dich nicht.«

# Intermezzo

Als Eusebios Taxi vor Almudenas Haus hielt, war América wütend.

»Park gefälligst nicht vor der Tür, Mensch. Fahr ein Stückchen weiter da vorne hin. Ich muß mich noch schnell zurechtmachen. Mein Gott, wie ich wohl aussehe.«

Eusebio fuhr noch ein paar Meter am Gartenzaun entlang.

»Paßt es dir hier?«

»Hier sehe ich ja die Hand nicht vor den Augen.«

Eusebio machte die Fahrgastraumbeleuchtung an.

»Ja, genau, schalt du nur das Flutlicht ein, damit auch alle mich schön sehen können.«

»Bist du sauer, oder was?«

Auf dem Rücksitz puderte América sich das Gesicht und versuchte dabei, in dem winzigen Spiegel aus dem Schminktäschchen und in der Dunkelheit etwas zu sehen, aber sie sah überhaupt nichts. Aber ihr Gesicht kannte sie ja auswendig, und sie schminkte sich nicht zum erstenmal, ohne in den Spiegel zu schauen.

»Ich bin nicht sauer. Aber du mußt doch zugeben, Eusebio, daß das so nicht weitergehen kann. Ich bin nicht mehr fünfzehn, und du auch nicht. Und wie soll ich jetzt meine Strumpfhose wieder ankriegen?«

Die Strumpfhose, Scheißstrumpfhose. Dieses Überlegenheitsgetue von dieser eingebildeten Ziege halt ich nicht mehr aus. Was glaubt die, wer sie ist? Da läßt sie mich zum Vögeln kommen, ich vögle sie, und jetzt macht sie auf zimperlich und Schulmeisterin. »So kann das nicht weitergehen.« Ja, wer hat denn damit angefangen? Ich halt das nicht mehr aus mit den Weibern: Vögelst du sie, meckern sie, vögelst du sie nicht, meckern sie auch, wie Gelu. Obwohl ja meine Gelu neben der die reinste Heilige ist. Die spinnt ja hochgradig. Sieh sie dir nur an, hält sich für Gott weiß was, und jetzt ist sie zutiefst beleidigt, weil ich es ihr am Straßenrand besorgt habe, wo sie mich doch genau dafür hat kommen lassen, wozu denn sonst ... Und jetzt auch noch dieses Parfum *Oh de Toalett Mon Bidet*, das ich nicht ausstehen kann. Luft, Luft ...

»Mach das Fenster zu, Eusebio. Ich kriege sonst noch einen Zug.«

»Ich werde dich nicht abholen können. Morgen muß ich früh raus.«

América beugte ihren Kopf über die Knie und bürstete ihr Haar von hinten nach vorne. Danach warf sie den Kopf in den Nacken und richtete ihre Mähne mit den Fingern nach.

»Das ist sogar fast besser. Ich weiß ja auch nicht, wann das hier aus ist. Aber da wird schon jemand sein, der mich zu Hause absetzen kann. Mach dir keine Sorgen. Du brauchst dein Frauchen nicht alleine zu lassen.«

»Und was soll das jetzt wieder?«

»Ich weiß nicht, Eusebio. Weißt du, ich bin zur Zeit nervlich nicht ganz auf der Höhe. Also nimm mir das nicht übel. Sag mir, was ich schuldig bin, und fertig.«

Eusebio hatte sich über den Sitz gelehnt und sah América an. Jetzt richtete er sich auf, legte die Hände aufs Lenkrad und starrte geradeaus durch die Windschutzscheibe in die Dunkelheit. Sein Körper forderte ihn auf, den Motor anzulassen und den Wagen volle Pulle gegen die Backsteinmauer zu knallen. Oder auszusteigen, América aus dem Wagen zu zerren und sie an ihrer verdammten Scheißmähne über den Gehsteig zu schleifen und sie dann gegen die Wand dieses verdammten Feine-Leute-Hauses zu pfeffern.

Das alles ließ er bleiben und ließ statt dessen den Motor an und schaltete die Scheinwerfer ein.

»Na komm. Das war eine lange Fahrt, noch dazu spät abends und in einen Außenbezirk. Also stell dich nicht so an. Da ist es selbstverständlich, daß ich bezahlen will, was auf dem Zähler steht.«

Eusebio konnte nicht mehr. Er stieg aus und öffnete die hintere Tür.

»Los, steig aus und hau ab zu deinem verdammten Scheißabendessen, bevor ich richtig sauer werde.«

»Schön, dann sag mir halt, was die Fahrt macht, und es hat sich.«

»Wenn du noch einmal von dieser Scheißfahrt anfängst, dann schwöre ich dir, daß ich dich hier auf der Stelle umbringe. Du brauchst mir überhaupt nichts zu bezahlen, kapierst du das endlich?«

Eusebio hatte América am Arm gepackt, halb um ihr beim Aussteigen behilflich zu sein, halb um klarzustellen, daß er es mit der Drohung ernst meinte.

»Laß mich los. Rühr mich nicht an. Wenn du mir ein Haar krümmst, schwör ich dir, daß ich dich anzeige, und außerdem bringe ich dich um. Du bist der letzte Proll, Mann.«

»Ich bin vielleicht ein Proll, aber ich laß mich von keiner bezahlen, weil ich sie gevögelt habe, damit sie dann schön beruhigt sein kann. Und dann kennt sie mich nicht mehr … Geh doch zum Teufel. Was mache ich überhaupt hier? Unterhalte mich da mit so einer eingebildeten, affektierten Ziege.«

América entwand ihren Arm seinem festen Griff. Es war fast vollkommen dunkel. Sie lief los, auf die schwache Beleuchtung an Almudenas Haus zu. Auf den hohen Stöckelschuhen geriet sie ziemlich stark ins Wanken, als sie sich bemühte, aus dem Straßengraben auf die Fahrbahn zu gelangen, ohne sich den Hals zu brechen. Als sie auf festem Boden stand, drehte sie sich um und schrie:

»Geh du doch selber zum Teufel! Und vom Vögeln hast du auch keine Ahnung, falls es dich interessiert! Du Trottel!«

»Wenn hier einer keine Ahnung hat, bist du das, du blöde Ziege. Hau doch ab und kümmer dich um deinen eigenen Scheiß.«

Noch ehe sie an der Haustür angekommen war, sah América eine blütenweiße Jacke auf sich zukommen und ahnte sofort, daß es Abdula sein mußte.

»Ah, Señorita América. Ist was? Ich habe Schreie gehört. Sind Sie zu Fuß gekommen?«

»Nichts, Abdula, es ist nichts. Bloß so ein Arsch von Taxifahrer, der kein Geld zum Rausgeben hatte.«

# Auf dem Abstellgleis

Inés spürte, wie die Laufmasche an ihrem Strumpf immer länger wurde. Sie kam aus der Ferse und wanderte immer weiter bis auf halbe Wadenhöhe. Sie saß da und hatte einen Teller mit Couscous auf den Knien stehen. Sie aß ganz langsam und wünschte sich, daß das, was sie auf dem Teller hatte, den ganzen Abend lang reichen sollte, bis alle Gäste weg wären. Marta neben ihr plapperte unablässig. Inés konnte nur an ihre Strümpfe denken. Sündhaft teure Markenstrümpfe, von Fogal. Klar, wer hätte auch gedacht, daß am Sitzpolster in ihrem Auto ein Stück Stahlfeder aus unerfindlichen Gründen hervorstehen und sie beim Aussteigen mit dem Strumpf daran hängenbleiben könnte?

Frau sollte immer eine Ersatzstrumpfhose in der Handtasche dabei haben. Den Gedanken, daß sie Almudena fragen könnte, ob sie ihr eine leihen könnte, verwarf sie sofort wieder. Almudena, die ach so vollkommene. Eine andere Möglichkeit wäre es, sie einfach auszuziehen. In einer Zeitschrift hatte sie gelesen, daß es in Amerika Mode wäre, keine Strumpfhosen zu tragen. Aber die Mode dachte nicht an ihre Beine. Die waren weiß und nicht gerade schön enthaart. Im Winter, wenn du Hosen und Strumpfhosen trägst, versuchst du dich vor dem Enthaaren zu drücken, schiebst es möglichst lange vor dir her, bis du dir mit deinen Beinhaaren Zöpfe flechten kannst.

Marta bombardierte sie gnadenlos mit Fragen. Wie viele Kinder hast du? Ein Mädchen. Wie geht's dir mit der Scheidung? So lala. (Jedesmal, wenn sie sagte, daß es ihr damit blendend ging, sahen die Leute sie ganz ungläubig an.) Lebst du alleine? Ja. Fällt dir da nicht die Decke auf den Kopf? Na ja, manchmal schon. Bist du viel auf Reisen? Ziemlich. Die Arbeit hilft einem über einiges hinweg, nicht wahr? Klar, ein Glück, daß ich die Arbeit habe. (Wenn du sagst, daß dir die Arbeit zum Hals raushängt und daß du am liebsten einen Haufen Geld erben würdest, um nicht mehr arbeiten zu müssen, dann sehen dich die Leute an, als sei das sehr verdächtig.) Du wirst jetzt wohl darüber nachdenken müssen, wie du dir dein Leben neu einrichtest, gell? Ach, im Augenblick geht's mir ganz gut.

Was zum Teufel sollte das heißen, »dein Leben neu einrichten«? Es ging um eine Ehescheidung, weder um einen Krieg noch darum, daß man ein Vernichtungslager der Nazis überlebt hatte, noch um ein brutales Erdbeben. Eigentlich wollen sie ja nur wissen, ob du schon einen neuen Kerl gefunden hast. Man glaubt, oder besser: Sie glauben, daß eine Frau nicht leben kann, wenn sie nicht an einen Kerl angekettet ist. Hast du keinen Kerl an deiner Seite, dann ist dein Leben eine Naturkatastrophe kosmischen Ausmaßes. Und je mehr du »dein Leben neu einrichtest« und die Nachwirkungen dieser Katastrophe in Ordnung bringst, um so beruhigter sind sie.

»Ich glaube nicht, daß ich wieder heiraten werde«, sagte Inés und sah Marta dabei an.

»Wer redet denn von heiraten? Das sehe ich ein, aber, na ja, ich meine die Liebe. Die Liebe ist doch der Motor für alles, Inés, glaube mir.«

Inés sah Marta an und dann Rodrigo, der am Eßzimmertisch neben Almudena und noch ein paar Leuten, die sie nicht kannte, saß und wie ein Geisteskranker in sich hineinschaufelte.

Marta hatte Inés' Blick bemerkt und stellte schnell klar:

»Ja, mein Kind, da siehst du meinen Rodrigo: dick wie ein Mastschwein, aber ich liebe ihn, er ist die Liebe meines Lebens. Sachen gibt's, nicht wahr? Ich könnte ohne ihn nicht leben. Er ist ein wunderbarer Mann. Lieb und rücksichtsvoll, und er trägt mich auf Händen.«

Ja, er trägt dich auf Händen, dachte Inés. Weil keine andere Frau es neben so einem Schwein aushalten könnte. – Mögen die Schweine mir verzeihen. Und dann, als müßte sie ihre schändlichen Gedanken verbergen, damit Marta sie nicht hören konnte, fügte sie hinzu:

»Ich kann dir sagen: Mir geht's ganz gut so, alleine mit meiner Tochter. Na ja, die ist ja auch ein Goldstück. Ich komme ganz gut zurecht und fühle mich eigentlich kein bißchen einsam.«

»Ja, so ist das aber nur am Anfang einer Trennung, daß man sich als Frau irgendwie befreit fühlt. Das weiß ich, weil ich Freundinnen habe, die mir das erzählen. Aber dann beginnt es, in dir zu nagen, und entweder du fängst an, dich gehenzulassen, machst dich nicht mehr zurecht, achtest nicht mehr auf deine Kleidung, es macht dir nichts mehr aus, wenn du Haare an den Beinen oder unter den Achseln hast ...«

Um Gottes willen! Diese Frau weiß, daß ich seit Monaten nicht beim Enthaaren war, sie hat die Laufmasche an meinem Strumpf gesehen und weiß, daß ich sie nicht ausziehe, weil ich Haare an den Beinen habe. Ich gehe nach Hause. Bis zur Tür kann ich rückwärts gehen, oder dicht an der Wand entlang, und dann hau ich ab. Was soll ich überhaupt hier? Von dem, was Jesús mir da erzählt hat, habe ich kein Wort verstanden. Er möchte wohl, daß ich für Carlos, Almudenas Bruder, die Scheidung mache, aber so genau hat er mir das nicht gesagt.

Der Zug mit Inés' Gedanken entgleiste, als plötzlich vom Eßzimmer her eine laute Männerstimme an ihr Ohr drang:

»Marta!!! Wie hieß noch mal dieser Vetter von dir, der beim Vögeln mit dem Dienstmädchen gestorben ist?«

Marta lachte gequält, stellte den Teller auf dem Couchtisch ab und stand auf, um sich zu der Gruppe im Eßzimmer zu begeben. Inés stellte ebenfalls ihren Teller ab und schickte sich an aufzustehen, aber eine Hand auf ihrer Schulter und eine Stimme hinderten sie daran.

»Wir sind uns schon mal begegnet, aber ich weiß jetzt nicht mehr, wo und wann.«

Inés sah ihn an und erkannte ihn sofort. Es war der Typ mit dem Jungen in der Pizzeria, neulich an einem verregneten Sonntag, als sie mit ihrer Tochter zum Essen ausgegangen war.

»Darf ich mich setzen? Ich bin Álvaro.«

»Inés, sehr erfreut. Du darfst dich setzen, aber ich wollte gerade gehen.«

Álvaro hielt ein Glas Whisky in der Hand. Er setzte sich hin und bot Inés eine Zigarette an. Inés nahm eine. Jetzt dabei zu bleiben, daß sie gehen wollte, kam ihr im Augenblick vor wie eine übermenschliche Anstrengung. Vielleicht sollte sie sich lieber durch die Trägheit treiben lassen und schön still sitzen bleiben. Außerdem war der Typ gar nicht so übel.

»Doch, Inés, wenn ich dir sage: Wir sind uns schon bei irgendwem zu Hause begegnet, oder bei einer Hochzeit, oder was weiß ich wo. Ich komme jetzt einfach nicht drauf, ehrlich. Und dabei habe ich mir das nicht etwa so ausgedacht, um mit dir ins Gespräch zu kommen, wirklich. Hilf mir doch und sag mir, wo wir uns schon mal begegnet sind.«

»In einer Pizzeria. Du hattest einen ungefähr zehn Jahre alten Jungen dabei, und ich saß da mit meiner Tochter Cristina.«

Álvaro schlug sich mit dem Glas an die Stirn.

»Klar!!! Ich kam einfach nicht mehr drauf, weil es nichts Gesellschaftliches war und nichts mit der Arbeit zu tun hatte. Das war an einem tristen, verregneten Sonntag, und ich hatte einen fürchterlichen Kater.«

»War der Junge dein Sohn?«

»Ja, Pablo. Neun Jahre alt. Ich darf ihn an den Wochenenden sehen, weil ich in Scheidung lebe, natürlich.«

»Natürlich. Ich auch.«

»Wer lebt schon nicht getrennt, ist geschieden oder lebt in Scheidung?« Álvaro nahm einen Schluck aus seinem Glas und sah sich um.

»Das brauchst du mir nicht zu sagen. Ich bin Anwältin für Familienrecht.«

»Also, da mußt du ja in Arbeit ersticken, ehrlich.«

»Ich kann glücklicherweise nicht über Arbeitsmangel klagen.«

»Unter den ganzen Leuten hier gibt es nur zwei stabile Ehen. Und das auch nur im Moment. Denn heute habe ich gesehen, wie Almudena ihren Jesús ziemlich schief angesehen hat, und dann wurde ich auch noch Zeuge, wie die beiden sich kurz angeschrien haben. Also würde ich für die zwei die Hand auch nicht mehr ins Feuer legen.«

Inés folgte Álvaros Blick.

»Pedro, der Zwillingsbruder von dem Fettwanst von Rodrigo, ist zweimal geschieden, und meiner Meinung nach treibt er es mit Marta, die es nur deswegen noch neben dem Fettwanst aushält. Aber ich habe keine stichhaltigen Beweise.«

»Na, du bist mir ja ein schönes Klatschmaul.« Inés tat so, als sei sie empört, aber sie fing an, sich zu amüsieren, und dieser Álvaro war ihr ziemlich sympathisch.

»Ich bin nur ein Beobachter der menschlichen Natur, Inés. Also, diese Brünette dort mit der tollen Figur, das ist América, und sie ist die Exfrau von Carlos, dem Bruder von Almudena.«

»Jesús möchte, daß ich den Fall übernehme.«

»Damit wärst du aber ganz schön gestraft. Weil nämlich Carlos Jesús bei einem Immobiliengeschäft um hundert Millionen Peseten beschissen hat, und jetzt will der seinem Schwager eins auswischen. Und die andere da, die andauernd mit Jesús flirtet, die heißt Carmen und ist meine Ex.«

»Na toll, wie zivilisiert ihr miteinander umgeht.«

»Na ja, eigentlich ist sie nicht meine Ex. Meine Ex heißt Ana, und von der habe ich mich eben deswegen getrennt, weil ich was mit Carmen hatte und meine Ex mich zu Hause rausgeschmissen hat. Und dann gab mir Carmen einen Korb nach dem andern und warf mich weg wie eine Zigarettenkippe.«

»Sie leben aber gefährlich!«

Abdula näherte sich ihnen mit einem Tablett voller Weingläser. Inés nahm sich eines.

»Abdula, wie lange bist du jetzt schon mit Aisha verheiratet?« fragte Álvaro, während er sein leeres Whiskyglas abstellte und sich zwei Gläser Wein nahm.

»Wir leben seit zehn Jahren zusammen, Don Álvaro, aber nicht verheiratet. Verheiratet sind wir nicht.«

»Siehst du, Inés? Da hast du einen weisen, klugen Kerl. Und warum hast du Aisha nicht geheiratet?«

»Ich kann nicht. Aisha ist keine Jungfrau mehr. Sie hat vier Jahre lang mit einem Mann zusammengelebt. Ich kann keine Frau heiraten, die nicht mehr Jungfrau ist.«

Inés konnte das Lachen nicht unterdrücken.

»Ich fürchte, Abdula hat dir einen ganz schönen Strich durch deine Rechnung gemacht, Álvaro.«

Abdula machte sich mit seinem Tablett wieder auf den Weg.

»Lach du nur. Aber das ist wohl eher zum Weinen. Obwohl da ja letztlich doch was dran ist, daß man eine Frau nur heiratet, wenn sie noch Jungfrau ist.«

»Dann würde in Spanien niemand mehr heiraten«, sagte Inés lächelnd.

»Sag mal, warum drehen wir nicht eine kleine Runde durch den Garten. Der ist überall schön beleuchtet, und alles wartet nur darauf, daß man rausgeht.«

»Es ist aber verdammt kalt«, sagte Inés und klammerte sich an ihr Weinglas. »Almudena tut alles mögliche, damit wir rausgehen, aber niemand kann sich dazu entschließen.«

Und außerdem kann ich nicht aufstehen, dachte sie.

Mit einemmal fühlte Inés sich wohl. Lag es am Wein oder an dem Klima voller Vertrauen und Natürlichkeit, das von Álvaro ausging? Sie wußte es nicht genau. Aber sie verspürte so eine gewisse Euphorie, die sie dazu verleitete, etwas zu sagen, von dem sie gedacht hätte, daß sie es niemals würde sagen können:

»Außerdem kann ich nicht aufstehen. Ich muß hier sitzen bleiben, bis alle gegangen sind, und dann kann ich aufstehen.«

Álvaro sah sie mit weit aufgerissenen Augen an, über sein Gesicht huschte ein leises Lächeln.

»Und wie kommt das? Ein Gelübde? Eine plötzliche Lähmung?«

»Ich habe eine Riesenlaufmasche im Strumpf, ehrlich. Und ich bin nicht gerade darauf erpicht, daß alle die sehen.«

»Na, da fällt mir aber ein Stein vom Herzen. Einen Moment lang hatte ich geglaubt, du hättest Hämorrhoiden und müßtest auf einem Schwimmreifen sitzen.«

»Hör mal, du bist ja ganz schön ordinär.«

# Besucher

Gelu sah eine riesige leuchtende Kugel auf sich zukommen. Das Licht war weiß und strahlend, und die Kugel drehte sich langsam um ihre eigene Achse. Sie verspürte keine Angst, ganz im Gegenteil. Dieses Licht faszinierte sie, und ohne zu wissen, warum, kam es ihr vertraut vor, beruhigend.

Die Lichtkugel kam ihrem Gesicht immer näher und wurde dabei immer größer und größer. Schon konnte sie die Umrisse nicht mehr erkennen. Sie verspürte nur eine sanfte, angenehme Wärme.

Sie spürte, wie das Licht der Kugel ihr die Wangen streichelte und danach ihren ganzen Körper entlang abwärts strich, ihren Bauch und ihre Beine durchströmte, tief in ihr Inneres eindrang. Es war wie ein Liebesakt mit jemandem, der dich sehr, sehr liebhat und dich mit unermeßlicher, ansteckender Liebe behandelt. Gelu wußte, daß sie gerade mit jemandem ganz Außergewöhnlichem in zärtlicher Vereinigung lag, der sie auf das süßeste zu einem Orgasmus führte, wie sie ihn bis dahin nie gekannt hatte, obwohl sie einen solchen schon oft herbeigesehnt und sich ausgemalt hatte.

Sie verspürte einen Schmerz, der nicht weh tat, und das zwang sie dazu, die Augen zu öffnen. Gelu wußte genau, daß sie alle Lichter ausgemacht hatte und auf dem Sofa eingeschlafen war, vor dem laufenden Fernseher, in eine Decke eingehüllt. Noch nie hatte sie einen so intensiven Traum gehabt, der zugleich so real, so wirklich gewesen war. Sie schloß die Augen wieder, und es gelang ihr sofort wieder, in das Gefühl des Liebesaktes einzutauchen, wie sie ihn noch nie intensiver, süßer erlebt hatte.

Aber das wohlige Gefühl, das von diesen Lichthänden ausging, verflüchtigte sich schnell, dafür wurde der Schmerz immer stärker. Sie öffnete die Augen wieder. Der Fernseher lief immer noch. Sie sah auf die Uhr und war überrascht, daß erst eine halbe Stunde vergangen war, seit sie eingeschlafen war.

Obwohl der Schmerz sehr stark wurde, dachte sie wieder an den Traum. Sie wollte ihn nicht vergessen. Es war ein echtes Liebesspiel gewesen, mit einem Händepaar voller Licht und Zärtlichkeit. Das war kein Traum, das war Wirklichkeit. Ihr Körper sagte ihr, daß es Wirklichkeit war.

Ein wahnsinnig stechender Schmerz im Unterleib riß sie aus ihren Gedanken, in denen sie ganz in sich versunken war, sie krümmte sich. Sie hatte ihre Beine in die Decke verschlungen und wäre fast auf den Boden gefallen. Sie krümmte sich weiter unter diesem plötzlichen starken Schmerz und schaffte es, ihre Füße aus der Decke zu entwinden und auf den Boden zu stellen. Dann richtete sie sich auf.

Die Decke war naß, höchst merkwürdig. Sie beugte sich vor, um die Lampe auf dem kleinen Beistelltisch einzuschalten. Das Licht beleuchtete das Sofa. Es war mit einer dunklen Flüssigkeit befleckt. Gelu stand auf und betrachtete ihre Jeans, die sie am Bund aufgeknöpft hatte. Es gab nicht den geringsten Zweifel. Das war Blut.

Sie wickelte sich die Decke um die Hüfte und ging zum Telefon. Noch ehe sie abheben und wählen konnte, fing der Apparat an zu läuten. Ihre Mutter schrie wie am Spieß. Sie konnte ihre Stimme erkennen, aber so hatte sie sie noch nie schreien gehört:

»Gelu!!! … Ich habe ihn umgebracht!!! … Ich habe deinen Vater umgebracht!!«

Danach hörte sie ein paarmal »Oje, oje, oje«, und das klang so weinerlich, daß ihr das Blut in den Adern gefror.

»Mama, beruhige dich, schrei nicht, und …«

Die Stimme jammerte und schrie immer noch.

»Mein Kind ... mein Kind ... Oje, oje, oje ...«

Und so ging das immerzu. Gelu beschloß aufzulegen.

Noch ehe sie den Hörer wieder abnehmen konnte, um die 110 anzurufen, läutete es erneut.

»Mama, hör jetzt auf zu schreien und hör mir zu ...«

»Gelu, ich bin's, Penélope. Ich wollte dir nur sagen, daß im Fernsehen gerade eine Reportage läuft über die ganzen Gefahren, denen Frauen in einer ersten Schwangerschaft ausgesetzt sind ...«

»Das ist mir völlig Wurscht. Ich glaube, Außerirdische haben bei mir einen Abgang verursacht.«

»Gelu, dir geht's wohl nicht gut. Du klingst so komisch.«

»Wenn ich dir doch sage: Da war ein Außerirdischer bei mir. Ich weiß nicht, was zum Teufel er gemacht hat. Das heißt, ich weiß es eigentlich schon, aber das kann ich dir jetzt nicht erzählen. Jedenfalls blute ich wie ein Schwein.«

»Was? Du blutest? Ach, du lieber Gott! Ruf den Rettungsdienst an, daß die dich holen kommen. Ich bin gleich bei dir.«

»Penélope, da ist noch ...«

Gelu legte auf, weil Penélope heftig aufgelegt hatte.

Sie setzte sich auf die Armlehne des Sofas und stellte sich das Telefon auf den Schoß. Langsam wurde ihr schwindelig und sie fühlte sich schwach, aber sie war nicht erschrocken. Nur schwach. Penélope würde in Null Komma nichts da sein, weil sie fünf Minuten zu Fuß von ihr entfernt wohnte.

Sie wählte die 110.

»Polizei, was kann ich für Sie tun?«

»Hör'n Sie. Kommen Sie schnell in die Calle Olmos 26, fünfter Stock, D, zweiter Treppenaufgang. Meine Mutter hat mich gerade angerufen und mir gesagt, daß sie meinen Vater umgebracht hat. Und ich kann mich nicht rühren, weil ich, glaub ich, einen Abgang habe.«

»Können Sie mir bitte Ihren vollständigen Namen nennen, Ihre Adresse und die Personalausweisnummer?«

»María de los Ángeles Piedra, ich wohne in der Calle del

Olivo Bajo 32, und mein Personalausweis hat die Nummer 4629377H. Aber machen Sie schnell, nicht daß ... Piedra mit P wie Portugal ... Hör'n Sie, ich hab's sehr eilig ... Nein, ich weiß nicht. Sie hat mich angerufen. Ich habe keine Ahnung, was ... Sie, ich muß noch beim Rettungsdienst anrufen, weil ich gleich in Ohnmacht fallen werde ... Ich glaube, ich habe einen Abgang. Ja, genau, ich habe einen Abgang, weil ich schwanger war ... Ja doch ... Ich sage Ihnen doch, daß ich nicht genau weiß, was passiert ist ...«

Der Bulle war wie eine Zecke, und als Gelu merkte, daß sie jeden Augenblick die Besinnung verlieren würde und daß die Bauchschmerzen wieder stärker wurden, legte sie auf. Dann wählte sie die Nummer des Rettungsdienstes.

Erneut mußte sie ihre kompletten persönlichen Daten durchgeben und in allen Einzelheiten erzählen, was ihr passiert war. Aber es war schwer, das Unerklärliche zu erklären, also schlug sie den einfachen Weg ein: Sie war vor dem laufenden Fernseher eingeschlafen und blutüberströmt aufgewacht, mit fürchterlichen Schmerzen. Ja, sie war zum erstenmal schwanger; nein, sie hatte nichts Außergewöhnliches getan oder zu sich genommen; nein, sie sei keine Diabetikerin, auch nicht herzkrank, noch gegen irgendwas allergisch, Epileptikerin auch nicht, und auch sonstige Schrecklichkeiten träfen nicht auf sie zu.

Der Mann in der Rettungswache hörte nicht auf, sie mit seiner ruhigen, gelassenen Stimme alles mögliche zu fragen, und ein ums andere Mal fragte er sie, ob sie aufgeregt oder erschrocken sei. Gelu versuchte nicht mehr zu verstehen, warum der Mann redete und redete, statt aufzulegen und zu ihr herzukommen.

Plötzlich wurde ihr klar, daß sie im Sterben lag. Sie spürte, wie die Kräfte aus ihrem Körper schwanden, ganz sachte, aber unaufhaltsam. Ihr erschien ihre Mutter, wie sie ihr, als sie sechs oder sieben Jahre alt war, Zöpfe flocht. Sie zerrte fürchterlich und redete und redete unaufhörlich.

Sie hörte ein Geräusch wie aus dem Radio, wenn es kaputt ist und man ums Verrecken keinen Sender einstellen kann.

# Ach ja: die Schuld

Als Eusebio schon fast zu Hause war, lief im Radio ein Lied von Alaska, in dem die Sängerin unablässig wiederholte:

*Wen kümmert es,*
*was ich tue oder lasse,*
*wen kümmert es,*
*was ich sage.*
*Ich werde mich nie ändern.*

Es war ein Lied, das eine Zeitlang sehr oft gespielt worden war, eine eingängige Melodie. Der Text bekam mit einemmal eine Bedeutung, wie er sie nie zuvor gehabt hatte. Alaska war eine Person, die immer das getan hatte, was sie wollte – sie trug das Haar orange gefärbt und hatte es zu allem Überfluß zur Millionärin gebracht. Aber nicht jeder konnte tun oder sagen, was ihm gerade in den Sinn kam, und dann auch noch ungestraft davonkommen. Es gibt Leute, die schon an ihr Schicksal gekettet auf die Welt kommen, als wären sie mit Stricken, unsichtbaren zwar, aber nicht zu lösenden Stricken, an einen Stuhl gefesselt. Da hockst du dann dein Leben lang, kein Entrinnen möglich. Du läufst in der Weltgeschichte herum und hast den Stuhl am Hintern festgebunden, und da kannst du dich natürlich nur ungeschickt bewegen, linkisch.

An solche so tiefschürfende Dinge, oder, je nachdem, wie man es sieht, blöde Dinge dachte Eusebio, als er um die Ecke fuhr, um in die Straße einzubiegen, in der er wohnte. Genau vor seiner Haustür standen ein Rettungswagen von SAMUR und ein Streifenwagen, beide mit Blaulicht. Er dachte, daß irgendeinem seiner Nachbarn etwas zugestoßen war, die waren ja alle so komisch.

Er stellte seinen Wagen in zweiter Reihe ab, vor der Garageneinfahrt, die zwei Häuser oberhalb seines Hauses war.

Das Herz schnürte sich ihm zu, als er Penélope aus der Haustür kommen sah, hinter ihr zwei SAMUR-Männer. Auf der Trage konnte er Gelus lockiges Haar erkennen. Ihr Gesicht war von einer Sauerstoffmaske verdeckt.

»Was ist los, Penélope? Was ist passiert?«

»Wer sind Sie denn?« Ein Bulle in Uniform, ein sehr junger Hüne, stellte sich Eusebio in den Weg.

»Das ist der Ehemann dieser Heiligen«, sagte Penélope.

»Ist er der Sohn des Verblichenen?« fragte der Bulle.

»Nein. Sie ist die Tochter des Verblichenen. Eusebio, da ist was ganz schön Wahnsinniges passiert.«

»Gelu ist tot.« Angst und Schrecken ließen Eusebios Stimme plötzlich ganz piepsig klingen.

Die SAMUR-Männer hatten Gelu in den Rettungswagen geschoben, und der eine wandte sich an Penélope:

»Fahren Sie mit ihr oder nicht? Wir haben's nämlich eilig.«

»Warten Sie einen Augenblick. Sieh mal, Eusebio, es ist nämlich so, daß Gelu einen Abgang gehabt hat. Nach der Amniozentese kommt das häufig vor, und sie hat viel Blut verloren, aber die sagen, daß es ihr gutgeht. Und dann ist da noch das Problem, daß mitten in diesem Aufruhr die Bullen angekommen sind und erzählt haben, daß Gelus Mutter, Ángeles, ihren Vater umgebracht hat. Sie hat ihm zwei Messerstiche verpaßt, einen direkt ins Herz. Der Alte war sofort tot. Die Bullen sind also hergekommen, um Gelu mitzuteilen, was da passiert ist, und da sind sie mitten in dieses Theater mit dem Abgang geraten.«

Eusebio spürte, wie ihm das Blut in den Kopf schoß.

»Scheiße, Scheiße. Das kann ich einfach nicht glauben.«

»Glaub's ruhig. Ich fahre jetzt mit Gelu ins Krankenhaus.«

»Nein, ich fahre mit.«

»In Ordnung. Fahr du mit. Aber ruf mich gleich an, wenn du was erfährst.«

Eusebio stieg in den Rettungswagen, und der schoß los, mit Blaulicht und Sirene. Die Straße hinunter. Volle Pulle fädelte sich der Wagen in den Stadtverkehr ein.

# Die Wahrheit
# *on the rocks*

Der Alkoholpegel im Kreislauf der Gäste bei Almudenas Abendgesellschaft war beträchtlich angestiegen. Infolgedessen sprachen alle sehr laut und lachten ohne Sinn und Verstand. So sah es zumindest Almudena, die niemals Alkohol trank, aber seine Wirkung auf den menschlichen Organismus nur allzugut kannte: enthemmtes und kumpelhaftes Verhalten.

Es gab immer zwei Fraktionen: Die einen tranken nur Wein, auch nach dem Essen, und die anderen machten sich nach dem Essen über Whisky und Gin her. Und dann gab es noch die wenigen, die jedesmal, wenn sie auf der Toilette gewesen waren, in einem Zustand der verjüngenden Euphorie zurückkamen.

Der Fettwanst Rodrigo gehörte zu diesen. Und Marta, seine Frau. Einmal sah Almudena, wie Jesús Rodrigo auf dem Weg dorthin begleitete.

Das war das Schlechte daran, daß sie nichts trank: Ihr entging nichts. Jesús kam aus der Toilette und fing an, mit Álvaro und Inés zu plaudern, die sich den ganzen Abend über prächtig miteinander unterhalten hatten. Almudena packte ihn sanft am Arm.

»Du, kann ich mal einen Augenblick mit dir reden? Entschuldigt bitte.«

Sie zog Jesús an die große Terrassentür, die auf die Veranda führte.

»Was ist los? Geht's dem Jungen schlechter?«

»Nein, im Gegenteil. Ich war vor einer Weile oben bei ihm, und er war schön abgekühlt und schlief ganz ruhig. Das Problem ist, daß ich es nicht mag, wenn du mit Rodrigo auf die Toilette gehst.«

Jesús fing an zu lachen und sah hinaus in den Garten. Es war das typische Lachen dessen, der sich schuldig und ertappt vorkommt.

»Also, sag mal ... Du wirst doch nicht meinen, daß da ... zwischen Rodrigo und mir ... na ja, ... Also, ich nehme es dir nicht übel ... Du, übrigens, das Essen: ausgezeichnet, wie immer.«

»Du willst mich wohl für dumm verkaufen. Du meinst wohl, ich kriege gar nichts mit. Aber das bin ich nicht, und ich kriege alles mit.«

»Ich weiß nicht. Ich verstehe nicht, was du meinst, Almu.«

»Das verstehst du sehr gut. Ich weiß nicht, was du dir da im Bad reinziehst, aber es muß dasselbe Dreckszeug sein, das Rodrigo sich reinzieht. Und du bist ja nun wirklich alt genug, daß du so einen Scheiß nicht mehr ausprobieren mußt. Du hast drei Kinder, zwei davon sind Jugendliche, und ich glaube, daß du hier mit dem Feuer spielst. Abgesehen von ...«

»Also, hör mal. Das laß ich mir von dir nicht bieten, daß du hier so fürchterliche Anspielungen machst. Du hast mich gekränkt, und das lasse ich dir nicht durchgehen.«

»Du, Jesús, spiel dich hier nicht auf und markiere den Unschuldigen vor mir. Ich weiß nämlich ganz genau, daß Rodrigo Kokain nimmt, und dir steht es genau jetzt, in diesem Augenblick, mitten ins Gesicht geschrieben.«

»Du bist ja übergeschnappt, also wirklich. Ich glaube, daß du keinen Alkohol trinkst, tut dir ganz und gar nicht gut. Du siehst was Lasterhaftes, wo die Leute sich nur gut amüsieren. Du hältst dich wohl für die heilige Theresia oder so was. So'n Scheiß.«

»Sprich nicht so mit mir, sonst ...«

»Sonst was? Wollen wir doch mal sehen, heilige Almudena, Jungfrau und Märtyrerin. Also wirklich: Soll ich in meinem eigenen Haus nicht mal entspannen und ein Gläschen trinken dürfen? Weißt du, deine ewige Diskretion und Zurückhaltung, dein wohlerzogenes Gehabe, deine Bescheidenheit und dein Oberschichtgetue, das geht mir alles kräftig auf den Sack. Verstehst du mich? Du gehst mir gehörig auf den Sack, Alte.«

Jesús hatte einen Augenblick lang die Selbstbeherrschung verloren, und das bestätigte Almudena in ihrer Theorie. Sie sah in den Garten. Zwischen der Pinie und der Weide sah man Sterne funkeln, und der abnehmende Mond spiegelte sich im Pool.

»Na schön, ich habe nichts gesagt. Lassen wir's.«

»Von wegen: Lassen wir's. Einen Scheißdreck lassen wir. Du wirfst mir hier vor, daß ich meinen Söhnen ein schlechtes Beispiel gebe, und nennst mich praktisch drogensüchtig, und dann kommst du mir mit ›Lassen wir's‹, so mir nichts, dir nichts, als wäre nichts dabei. Ich habe deine Scheinheiligkeit satt. Ich habe genau gesehen, wie du mich beobachtet hast, als ich mit América sprach, oder mit Inés. Du beobachtest mich ständig und nörgelst ständig an mir rum. Und ich sage dir, daß ich das nicht ertrage, weißt du?«

»Ich soll dich beobachten?«

»Du spionierst mir nach, und das ist noch schlimmer. Für dich ist doch nichts, was mir Spaß macht, in Ordnung, und du siehst überall Gefahren lauern. Du segelst nicht gerne, also ärgerst du dich, wenn ich segeln gehe; Golf magst du nicht, also findest du es verkehrt, wenn ich Golf spiele; du trinkst nichts, also siehst du überall Betrunkene. Und vor allem hast du keine Ahnung von Architektur, also langweilen dich meine Freunde. Und wenn ich mit einer Frau rede, selbst wenn es die hinter der Theke im Tabakladen ist, dann bist du eifersüchtig und denkst, ich würde es mit ihr treiben.«

»Das muß ich mir nicht bieten lassen, Jesús. Ich glaube, du gehst jetzt einfach zu weit.«

»Da haben wir's also. Ich will dir mal was sagen: Ich ertrage dich nicht mehr, ich halte es mit dir einfach nicht mehr aus, und ich haue jetzt ab. Ich ziehe aus und lasse mich scheiden. Du kotzt mich einfach an, ich hab dich satt, bis Oberkante Unterlippe.«

Jesús stellte sein leeres Whiskyglas auf einem Tisch neben der Glastür ab und drehte auf dem Absatz um.

Almudena sah weiter auf das Spiegelbild des Mondes im Pool. Was soll ich tun? Soll ich angezogen in den Pool springen oder mich an der Weide aufhängen?

Die unglaublichsten Dinge können von einem Moment zum anderen eintreten, ohne Vorankündigung. Genauso wie ein Erdbeben. Das kommt auch ganz plötzlich, und dann wackeln die Häuser und stürzen krachend ein, und die Erde bricht auf. Und du bist nicht darauf gefaßt.

Eigentlich müßte sie jetzt in Tränen ausbrechen, vor allem, weil Jesús sie völlig unflätig behandelt, ein aggressives Benehmen ihr gegenüber an den Tag gelegt hatte, wie es sich einfach nicht gehörte. Merkwürdigerweise verspürte sie jedoch – zu ihrer großen Verblüffung – nur Erleichterung, und diese Erleichterung löste in ihr eine kleine, aber bestimmte Freude aus. Sie hatte nicht nur Lust zu weinen, sondern auch Lust zu lachen – oder zu lächeln. Wie wenn du eine Musik hörst, die dir unheimlich gut gefällt, und dein ganzer Körper fühlt sich sauwohl.

Sie spürte eine Hand auf ihrer Schulter und hörte Magdas rauhe Stimme:

»Was ist denn mit Jesús los?«

»Nichts.«

»Nein, Almudena, von wegen nichts. Der ist ja auf Hundertachtzig, brüllt rum und sagt immerzu, daß er hier mal reinen Tisch machen und ein neues Leben anfangen will.«

»Er hat mir gesagt, daß er mich satt hat. Und ich glaube ihm das.«

»Ich glaube eher, der hat gewaltig einen sitzen.«

»Wenn jemand sich so vollaufen läßt, dann steckt irgendwas dahinter. Besoffene sagen immer die Wahrheit.«

Die beiden Frauen drehten sich um und sahen ins Wohnzimmer, als sie ein lautes Scheppern und Klirren von Tellern und Gläsern hörten.

Eine riesige, sündhaft teure Bodenvase aus Porzellan, die – so hatte ihr der Londoner Antiquitätenhändler versichert – Zeugin der Geburt des letzten chinesischen Kaisers gewesen war, lag in tausend Scherben zerschmettert auf dem Boden. Alle Gäste waren verstummt und starrten auf die Scherben wie auf die Leiche eines Menschen, der auf der Landstraße überfahren worden war. Als Magda die Überbleibsel des Gefäßes auf dem Boden liegen sah, hielt sie sich beide Hände vor den Mund, um nicht loszuschreien. Almudena sah Jesús an, der mit weit aufgerissenen Augen grinste.

Jesús schrie in das eisige Schweigen hinein:

»Zum Teufel mit der verdammten Scheißbodenvase!!«

Der Arzt ging zu Jesús und packte ihn am Arm.

»He, beruhig dich mal. Du bist ja total aufgeregt. Ganz ruhig.«

Dann war die Stimme der unerträglichen Marta zu hören, wie sie wieder einmal herausprustete:

»Hach, ist das lustig, mein Gott! In Kuba ist mehr kaputtgegangen, nicht wahr?«

Jesús legte sich mit dem Doktor an, der versuchte, ihn in eine Ecke zu ziehen.

»Faß mich nicht an, Herr Doktor. Mir geht's ausgezeichnet, so ausgezeichnet, daß ich augenblicklich abhaue. Abdula, gib mir einen Whisky. Und räum den Müll hier weg.«

Der Berber schoß ab in die Küche.

»Jesús, hör auf zu trinken. Trink lieber einen Kaffee oder geh in dein Bett«, schlug Almudena ganz zaghaft, fast mütterlich vor.

»Ich trinke, was mir meine Eier sagen. Kaffee mag ich nicht, und ich gehe jetzt, endgültig, damit ich dich endlich aus den Augen habe.«

Er drehte sich auf dem Absatz um, aber América packte ihn am Ellbogen und zwang ihn stehenzubleiben.

»Hör mal, du Arschloch, du Scheißkerl, du hast einfach nicht das Recht, so mit deiner Frau zu reden, weißt du das? Jedenfalls nicht vor mir.«

»Ja, wo kommst du denn auf einmal her, du dreckige Schlampe? Wenn ich mit meiner Frau rede, dann kann ich reden, wie mir der Schw...«

Noch ehe er den Satz zu Ende sagen konnte, verpaßte ihm América eine Ohrfeige, daß Jesús ins Wanken geriet und nur deshalb nicht zu Boden ging, weil er über Abdula stolperte, der mit Handfeger und Schaufel ankam.

Almudena hielt América fest, die drauf und dran war, ihm noch eine zu verpassen.

»Was ist denn nur heute abend hier los? Das war doch immer ein ruhiges Haus, verdammt noch mal«, murmelte Rodrigo und war noch ganz verdutzt von den Geschehnissen.

Wankend ging Jesús in Richtung Diele, machte die Tür auf und ging hinaus, ohne sie zu schließen.

Der Arzt, Inés und Álvaro rannten hinter ihm her.

»Jesús! Komm zurück! Warte!«

Marta legte sich mit América an:

»Jetzt bist du aber doch ein bißchen zu weit gegangen, oder, mein schönes Kind?«

»Hatte ich heute eine Lust, einem Kerl eine reinzuhauen ... Das hat mir so richtig gutgetan ... Entschuldige, Almudena ...«

Almudena versuchte, ihr Lachen zu unterdrücken.

»Also, ehrlich gesagt: Ich glaube, du warst, wie soll ich sagen ... Das war ...«

»Almudena, du lachst ja«, sagte Magda und sah ihre Freundin erstaunt an.

»Ja, also, was soll ich dir sagen? Ich finde, das war echt genial, América. Jedesmal, wenn ich daran denke, wie du Jesús eine runtergehauen hast, muß ich einfach lachen. Ich kann gar nicht anders.«

Almudena lachte jetzt ganz offen, und ihr Lachen steckte alle anderen an, die um sie herum waren.

»Also, alles, was recht ist: Man muß schon zugeben, daß bei aller Tragik das alles hier so richtig urkomisch war«, pflichtete ihr Magda bei und ließ sich von Almudenas aufgelöstem Lachen mitreißen.

Alle lachten jetzt lauthals.

»Abdula, bring Champagner für alle. Das wollen wir feiern«, sagte América.

Ein erneutes Krachen von draußen, das wie ein hundertfach verstärkter Donner klang, ließ sie alle plötzlich wieder verstummen.

»Ach, du Scheiße! Jesús hat sich den Hirnkasten eingerannt«, sagte Rodrigo und lief Hals über Kopf zur Haustür.

# Epilog

Jesús hatte sich nicht den Hirnkasten eingerannt, aber er hatte die Backsteineinfassung am Nachbargrundstück gerammt und sich schwere Verletzungen an Kopf und Brustkorb zugezogen. Er trennte sich von Almudena und machte ihr alle Zugeständnisse der Welt, und nach einem Jahr lebte er mit América zusammen, die ihn faszinierte und im Zaum hielt – eben weil sie ihn im Zaum hielt, faszinierte sie ihn.

Gelu erholte sich nach ein paar Tagen von der Fehlgeburt. Von Eusebio wollte sie nichts mehr wissen. Ihre Mutter wurde festgenommen, aber da sie Notwehr wegen der Mißhandlungen geltend machen konnte, wurde sie bis zur Gerichtsverhandlung auf freien Fuß gesetzt. Gelu ist nach wie vor überzeugt, daß ein Außerirdischer mit ihr geschlafen habe. Sie ist einer Vereinigung von UFO-Sehern beigetreten und schließlich an einem Computerfachmann hängengeblieben, der behauptete, er habe regelmäßig Kontakt zu Außerirdischen.

Inés und Álvaro fingen bald was miteinander an und erlebten eine Liebe, die Álvaro wie ein Vulkanausbruch erschien, etwas Endgültiges. Inés fühlte sich erdrückt, als er anfing, sich bei ihr einzunisten, über Nacht blieb, sooft ihm danach war, ihr seine schmutzige Wäsche zum Waschen daließ und sogar seine Zahnbürste mitbrachte. Als Inés nicht mehr aus noch ein wußte und überlegte, ob sie nicht mit Álvaro Schluß machen sollte, kam ihr das Leben zu Hilfe. Denn Álvaro lief eine junge Designschülerin über den Weg, die allerdings genau wußte, was sie wollte, und ihn zum Heiraten überredete, was sie dann auch taten.

Carmen kaufte sich ein Lotterielos, mit dem sie zwanzig Millionen gewann, aber den Gewinn hat sie nicht im Büro verteilt, und deshalb waren alle verletzt und beleidigt, und Carmen zog es vor, ihren Anteil an der Firma zu verkaufen. Mit dem Lotteriegewinn machte sie eine Autovermietung auf und ging pleite. Aber sie lernte einen reichen Amerikaner kennen, der sie in eine Scientologensekte einführte, bei der sie heute Geschäftsführerin ist. Sie hat Geld wie Heu, ist Single und reißt pausenlos was Neues auf.

Penélope hat den Führerschein gemacht und teilt sich das Taxi mit Eusebio, den sie heiraten wird, noch ehe das Kind, das sie zusammen gezeugt haben, auf die Welt kommt.

Von Zeit zu Zeit ruft América Eusebio im Taxi an, daß er ihr einen Dienst erweisen soll, wie man sie in jedem miesen Hotel an der Landstraße nach Toledo verrichtet.

# Die Hauptpersonen dieses Werkes

*Almudena Salazar*. Schwester von Carlos und folglich Schwägerin von América. Sie ist verheiratet mit Jesús und hat drei Söhne, Javier, Fernando und Luis.

*Álvaro*. Exmann von Ana und Vater von Pablo. Er ist Teilhaber einer Werbeagentur.

*América Rodero*. Exfrau von Carlos Salazar und Mutter von zwei Kindern. Sie ist zusammen mit Carmen Teilhaberin einer Consulting-Firma.

*Ana*. Exfrau von Álvaro und Mutter von Pablo.

*Angelines*. Mutter von Gelu, Pedro und Sebastián.

*Carlos Salazar*. Exmann von América und Vater von zwei Söhnen. Er ist der Bruder von Almudena.

*Carmen Sastre*. Studienkollegin und Teilhaberin von América in der Consulting-Firma. Sie ist unverheiratet.

*Eusebio González Fernández*. Ehemann von Gelu. Er ist Taxifahrer.

*Gelu (María Ángeles Piedra).* Sie ist verheiratet mit Eusebio, von dem sie ein Kind erwartet. Sie arbeitet bei Sederías Reunidas.

*Inés de Prada*. Exfrau von Enrique und Mutter von Cristina. Sie ist eine Cousine von Almudena, Freundin von Carmen und Scheidungsanwältin von América.

*Jesús*. Ehemann von Almudena. Er ist Architekt.

*Magda*. Busenfreundin von Almudena.

*Penélope*. Arbeitskollegin von Gelu.

# Anmerkung des Übersetzers

Wozu wollen die sich denn alle scheiden lassen, wo sie doch ohnehin nicht miteinander verheiratet sind? Diese Frage mag sich eine deutsche Leserin, ein deutscher Leser stellen, wenn in dieser Geschichte ständig davon die Rede ist, daß eine América Rodero sich von einem Carlos Salazar und eine María Ángeles Piedra (Gelu) sich von einem Eusebio González Fernández scheiden lassen wollen. Sie sind es aber, und gerade der Letztgenannte, Eusebio González Fernández, zeigt den Weg zur Lösung:

In Spanien trägt man grundsätzlich zwei Familiennamen, den des Vaters und den der Mutter, und zwar bis zum Lebensende. Eusebios Vater hieß also González und seine Mutter Fernández, und Kinder, die aus seiner Ehe mit Gelu hervorgingen, würden González Piedra heißen. Es setzt sich also doch letztlich der Familienname des Vaters durch; bis auf einige berühmte Ausnahmen: Pablo Ruiz Picasso wurde bekanntlich unter dem Familiennamen seiner Mutter bekannt, Federico García Lorca wird weltweit ebenfalls fast nur Lorca genannt. Seit einigen Jahren gibt es übrigens Bestrebungen, das Namensgesetz zu ändern und den Paaren Wahlfreiheit zu gewähren, in welcher Reihen- und damit Rangfolge die Familiennamen ihrer Kinder stehen sollen.

Zur spanischen Aussprache seien mir auch noch einige Hinweise gestattet: Das »G« in »Gelu« wird, da es vor einem »e« (oder »i«) steht, wie das deutsche »ch« in »ach« ausgesprochen, also eher »´Chälu«. »G« vor »a«, »o« oder »u« wird wie »g« gesprochen. Um einen »g«-Laut vor »e« oder »i« zu haben, muß ein »u« eingeschoben werden: »Miguel« wird also »Mi'gel« ausgesprochen. Wenn aber nach »g« ein »u-e«-Laut entstehen soll, muß das »u« ein Trema tragen: »ü«. Dies ist der Fall im Namen des Madrider Stadtteils »Argüelles«: Hier werden »g« und »u« und »e« ausgesprochen. In diesem Wort kommt noch eine weitere Besonderheit zum Tragen: »ll« wird ausgesprochen wie »lj«, also heißt der Stadtteil »Argueljes«.

Der Vorname von Almudenas Mann, Jesús, ist ein in Spanien sehr gebräuchlicher Männername. Gesprochen wird er etwa wie »Chä'ßuß«, weil »j« immer wie »ch« in »ach« gesprochen wird. Das »Eu« in »Eusebio« wird nicht wie im Deutschen zu »oi«, sondern als »e + u« gesprochen.

# Inhalt

Gelu, die saure bessere Hälfte 7
Eusebio. Wildes Lenkradkurbeln 15
América. Ungeduldig 24
Tiefgekühlt im trauten Heim 34
Álvaro. Die Macht des Fehltritts 38
Schrecken einjagen sollst du, dafür bist du ja da. 54
Der Stachel muß raus aus dem Herzen. 60
Penélope. Verhedderte Fäden 67
Inés. Das Leben ist Schlaflosigkeit. 72
Haß ohne Verfallsdatum 76
Nächster Halt: Sex 80
Almudena. Die vollkommene Unvollkommene 94
Wie sie in ihrem Unglück schmoren (I) 105
Wie sie in ihrem Unglück schmoren (II) 110
Wie sie in ihrem Unglück schmoren (III) 113
Almudena wird entblättert. 116
Intermezzo 123
Auf dem Abstellgleis 127
Besucher 134
Ach ja: die Schuld 138
Die Wahrheit *on the rocks* 141

Epilog 148

Die Hauptpersonen dieses Werkes 151

Anmerkung des Übersetzers 152

Suzanne Finnamore

## *Endlich verlobt*

Roman. 256 Seiten. Geb.
Aus dem Amerikanischen von Angela Hohmann.

Als 36jährige erfolgreiche Werbetexterin hatte ich wirklich allen Grund, mit dem Leben zufrieden zu sein, zumal Michael mir ausreichend emotionale und erotische Höhenflüge bescherte. Michael hatte nur einen Riesenfehler, und der ließ sich mit »Angst vor Verpflichtungen« oder »Bindungsunfähigkeit« ziemlich treffend beschreiben. War es schon schwer genug gewesen, ihn von Gabrielle loszueisen, so schien es schier unmöglich, daß aus meinem gutaussehenden, charmanten, witzigen und intelligenten Lebensabschnittsbegleiter jemals »mein Mann Michael« werden würde.
Aber dann hatte ich ihn eines Tages soweit. Blieb also nur noch das Problem des Hochzeitskleids zu meistern. Und die Frage, wie und wo wir unsere Flitterwochen verbringen sollten. Und der Ringkauf, wobei unsere Meinungen doch ganz schön auseinandergingen. Und die endlosen Telefonate mit meiner Mutter. Und die Angst davor, daß mit dem Eheleben urplötzlich der Sex aufhört ...
Erfrischend frech liest sich diese locker-ironische Beichte einer jungen Frau über die schier unerträglich lange Zeit bis zur Traumhochzeit.

KABEL

Julie Tilsner

*Fünf vor Dreißig*

Es gibt ein Leben nach dem 30. Geburtstag. 256 Seiten. Geb. Aus dem Amerikanischen von Eva Dempewolf.

Wenn dir der Girlie-Look nur ein müdes Grinsen entlockt, du schon lange nicht mehr in der Eckkneipe kellnerst und gelegentlich sogar über eine Altersvorsorge nachdenkst ... wenn du beim Haareschneiden dezent auf die ersten Grauen hingewiesen wirst und dir nur noch alle Schaltjahre einmal ein echter Traummann über den Weg läuft, während es um dich herum nur noch Pärchen (mit Kind) zu geben scheint, dann ist eins ganz klar: Du gehst steil auf die Dreißig zu.
Oder – Glückwunsch! – du hast diesen Meilenstein bereits überwunden und weißt jetzt, wie es jenseits dieser magischen Zahl aussieht.
Auch Julie Tilsner hat entdeckt, daß »das Leben danach« sehr viel besser ist als sein Ruf. Bestechend offen und witzig schreibt sie, wie Dates und Beziehungen, Beruf und Finanzen, Klamotten und Trends sich verändern, wenn man den 30. erst mal erfolgreich hinter sich gebracht hat.

Tony Parsons

*Männlich, alleinerziehend, sucht ...*

Roman. 320 Seiten. Geb. Aus dem Englischen von Klaus Berr.

»Ein Junge! Und das schönste Baby der Welt!« Harry Silver ist Vater geworden, und eine warme Woge aus Liebe, Glück und Dankbarkeit erfaßt ihn – und läßt den sonst so kühlen Endzwanziger das Leben umarmen. Denn Harry hat nun alles, was ein Mann so braucht: den kleinen Pat, einen roten Sportwagen, einen gutbezahlten Job beim Fernsehen und eine attraktive Frau, Gina. Zielstrebig und gedankenlos wie alle Männer setzt er alles aufs Spiel und betrügt Gina mit einer anderen. Nur ein einziges Mal. Aber einmal reicht, findet Gina und verläßt ihn und den kleinen Pat, um sich über ihre eigene berufliche Karriere klarzuwerden. Und noch einmal ändert sich für Harry das ganze Leben. Er steht allein mit einem Vierjährigen da – und sieht sich plötzlich nicht nur in Gesellschaft von Müttern, Babysittern und den eigenen Eltern, sondern die Welt und die Frauen mit ganz anderen Augen ...

Herzergreifend tragisch und dennoch voller sprühender Komik ist die Lektion, die Tony Parsons seinem Helden Harry Silver erteilt.